日語類義表現100與問題集

副島勉　編著

鴻儒堂出版社發行

序　文

　本書は筆者が日頃の日本語教育の現場で、学生たちから直接質問を受けた類似表現を自分なりに分析し、まとめたものである。一口に類似表現と言っても、その意味相違の要因はさまざまで、文法接続などの形態的相違から、口語か文章語か、女性用語か男性用語か、成人者が使う言葉か若い人が使う言葉か、敬意表現か否か、主観的表現か客観的表現か等々、複雑多岐である。類似語の中には、その相違がほとんどないと思えるようなものもある。

　しかし、その曖昧な類似語も分析の尺度をいろいろ変え、細かく丁寧に観察すれば必ず違いがある、日本人が実生活の違った場面で使い分けているのなら、その違った場面を細かく観察すれば、曖昧な類似語にも必ず相違点が存在する、筆者はそういう信念を持って筆を進めた。

　収録した類似語は初級から中級の学習段階で必ずと言っていいほど遭遇する基本的なものばかりである。そして、基本的であるがために、却って学習者側からも教師側からもあまり重視されてこなかったし、また、実際に教室で時間をかけて丁寧に解説したり、特別に練習問題を解くことも少なかったのではないか。大事だとはわかっていても、過密な初級、中級のスケジュールの中で類似語学習のためにわざわざ時間を割くなんて無理だ、というのが現実かもしれない。

　本書は、このような日本語学習者、教師のために、限られた時間で効果的に類似語が学習できるように工夫した。解説は論理的かつ簡潔に記し、例文と練習問題は日本人が実生活で使用する自然な日本語になるよう心がけた。拙書が皆様のお役に立てれば、この上ない喜びである。

　尚、中国語の翻訳を付すにあたって、宋美芳女史から多くのご協力を頂いた。心からお礼を申しあげる。

副島　勉

序言

　　本書是筆者平日在日語教育課堂上，從學生們最直接的疑問當中，關於日語的類似表現部份，自我分析再加以整合結集成冊。雖說是類似表現，然而卻有各式各樣不同的成因，從文法接續的形態差異，到口語或文語、女性用語或男性用語、成人使用的語彙或年輕人使用的語彙、敬意表現與否、主觀表現或是客觀表現等等，複雜多岐。在類似語當中也有一些幾乎無甚差異的用法存在。

　　但是那些曖昧的類似語，只要改變不同的分析尺度，仔細認真地觀察，必定會發現還是有所不同。日本人在實際生活中，會依照不同的場合區分使用的話，仔細觀察這些場合的差異，即使是曖昧的類似語也必定存在著差異點，筆者便是抱持著這樣的信念而執筆。

　　所收錄的類似語幾乎都是從初級到中級的學習階段當中必定會遇到的詞語。即使這些都是最基本的，然而從學習者到教師都不甚重視，而且也甚少實際在課堂上花時間仔細講解，或特別對練習問題做解說。也許雖然知道這部份很重要，過度密集的初級、中級課程當中，還要特別挪出時間學習類似語，現實上恐怕有所困難。

　　本書針對這些日語學習者和教師，為了在有限的時間，能夠有效的學習類似語下了一翻工夫。解說用簡潔的理論記述，例文與練習問題則盡量採用日本人在實際生活中使用的自然日語。倘若拙書能夠對各位有所幫助，即是筆者最大的喜悅。

　　此外，關於中文的翻譯承蒙宋美芳女士多方協助，在此致上由衷的謝意。

副島　勉

目 次

第1課 『間』『間に』

『間』

☆ 動作や状態がその期間全体に及ぶ。だから、後文には名詞や形容詞や

状態動詞や継続動詞などの、状態や継続を表す内容がくる。

◆ 在該時間内全部涉及的動作。因此後句的内容表示狀態和繼續。

● 彼は授業の間、ずっと居眠りをしていた。

/ 他上課中，一直打瞌睡。

● 気温が10度から25度の間の時は、なるべくエアコンをつけないほうが

いいです。

/ 氣溫從十度到二十五度之間的時候，不要使用空調比較好。

● 旅行の間、幸いとてもいい天気に恵まれました。

/ 旅行中，幸好遇到好天氣。

『間に』

☆ ある動作がその期間内の特定の時間に起きて完了することを表す。

◆ 表示某一個動作在某一個期間内的特定時刻所發生而完了之意思。

● 先生が黒板に字を書いている間に、教室をこっそり抜け出した。

/ 當老師在黑板上寫字的時候，溜出教室。

● 私が寝ている間に、誰か来たらしい。

／ 當我在睡覺的時候，好像有人來了。

● 鬼のいぬ間に洗濯。（ことわざ）

／ 閻王不在小鬼鬧翻天。（成語）

【練習問題１】『間』『間に』

① 熱がある（**間・間に**）は、安静にしていてください。

② 私が留守の（**間・間に**）、主人が帰って来た。

③ テレビのコマーシャルの（**間・間に**）、トイレに行って来る。

④ 日本人は通勤電車に乗っている（**間・間に**）、新聞や雑誌を読んでいる人が多い。

⑤ 地震が続いている（**間・間に**）は、外へ出ない方がいい。

⑥ ちょっと居眠りしている（**間・間に**）、うっかり電車を乗り越してしまった。

⑦ 信号が赤の（**間・間に**）は、道を渡ってはいけません。

⑧ 私が海外出張している（**間・間に**）、妻はずっと若い男と浮気していた。

⑨ 二十五歳から二十八歳の（**間・間に**）、私は東京で一人暮らしでした 。

⑩ 二人が争っている（**間・間に**）、第三者が利益を得ることを、『漁夫の利』という。

⑪ レントゲンを撮りますから、撮影の（**間・間に**）、息を止めてください。

⑫ あなたが出かけている（**間・間に**）、先生から電話がありましたよ。

⑬ 昨日の夜十時から十二時までの（**間・間に**）、私はずっと家にいましたよ。

⑭ 彼は食事の（**間・間に**）、いつもテレビを見ている。

⑮ 留守のわずか10分の（**間・間に**）、泥棒に入られた。

⑯ 免許の停止期間の（間・間に）は、車を運転してはいけません。

⑰ 入社から半年の（間・間に）は、試用期間ですから、給料は半額です。

⑱ 会議の（間・間に）、彼は終始一貫、沈黙を守っていた。

⑲ テレビゲームに夢中になっていたら、知らない（間・間に）、夜が更けていた。

⑳ 私が実家にいる（間・間に）、是非一度遊びにいらっしゃってください。

第2課　『開きます・開けます』『閉まります・閉めます』
　　　『付きます・付けます』『消えます・消します』

『開く・開ける』『閉まる・閉める』

☆ **非機械**　窓、ドア、箱、かばん、引き出し、カーテン、蓋、口、本…。

◆ 一般都用在非機器『窗戶』『門』『箱子』『皮包』『抽屜』『窗簾』

『口』『蓋子』『書本』…

『付く・付ける』『消える・消す』

☆ **機械**　電気、テレビ、コンピューター、クーラー、ラジオ、ライト、

ラジカセ…。

◆ 一般都用在機器『家電』『電腦』『開關』…

【練習問題２】『開きます・開けます』『閉まります・閉めます』
　　　　　　　『付きます・付けます』『消えます・消します』

① 窓を（**開けて**・付けて）新鮮な空気を入れる。

② すみません、トイレの電気を（閉めて・**消して**）ください。

③ ドアを（**開けたら**・付いたら）、必ず（**閉めて**・消して）ください。

④ 鮫島君、社会の窓が（**開いてる**・付いてる）よ。

⑤ 冷蔵庫のドアが（**開いて**・付いて）いますよ。（**閉めて**・消して）くださ

い。

⑥ 昨晩、クーラーを（開けた・付けた）まま寝て、風邪をひいてしまった。

⑦ 洗濯機のふたを（開けて・付けて）、洗濯物と洗剤を入れてください。それから、ふたを（閉めて・消して）スタートボタンを押せばオーケーです。

⑧ 懐中電灯のふたがよく（閉まって・消して）いないので、電気が（開かない・付かない）んですよ。

⑨ 皆さん、教科書の３７ページを（開けて・付けて）ください。

⑩ 彼の非常識な冗談には、（開いた・付けた）口が塞がらない。

⑪ ノートパソコンは、ふたを（閉める・消す）前に、必ずパワースイッチを（閉めて・消して）ください。

⑫ 里美さん、窓もカーテンも（閉めて・消して）、それからベランダのドアも（閉めて・消して）ください。私が電気を（閉めます・消します）から、電気が（閉めたら・消えたら）、ケーキの上のローソクを一気に吹き（閉める・消す）んですよ。

⑬ 男：理穂さん、お誕生日おめでとうございます。これ、プレゼントです。
　　女：わあ、ありがとう。何だろう。（開けても・付けても）いいですか。

⑭ 冷蔵庫を（開けたら・付けたら）、中からリンゴが転げ落ちた。

⑮ ワインのコルクの栓がなかなか（開かない・付かない）。

⑯ 真美さん、背中のファスナーが（開いて・付いて）いますよ。

⑰ 今日は日曜日ですから、銀行は（開いて・付いて）いません。

⑱ 彼はドアを（開けて・付けて）部屋に入るなり、すぐテレビを（開けた・付けた）。

⑲ ひろし君、机の二番目の引き出しを（**開けて・付けて**）、アルバムを取っ

てちょうだい。

⑳ ストーブを（**閉めて・消して**）、窓を（**開けて・付けて**）、新鮮な空気を

入れましょう。

『あげます』『くれます』

☆ 動作主（主語）からその動作の受け手への物の移動或いは受け手のために何かをする行為を表す。但し、動作の受け手が話し手或いは話し手の範囲に属する（家族・会社等）時は、『くれます』を使う。相手に敬意を表す場合は、『差し上げます』『くださいます』を使う。

◆ 動作者（主語）給別人東西或為別人做事情。但是動作的接受的人是說話者或說話者的周邊（家族、公司）的人的時候，特別使用『くれます』。對方表示敬意的時候用『差し上げます』『くださいます』。

把這個表現方法更詳細分析的話，總共有7種說法，說明如下：

(1) 其中別人給說話者或說話者周邊的人（例如家屬、同事等）東西，或別人幫說話者（我）做事情的時候特別使用『くれます』。

(2) 下面③⑤的場合要使用『くれます』。

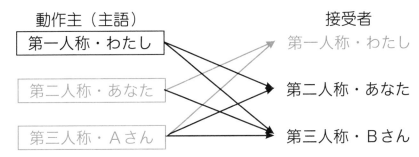

① わたしはあなたにペンをあげます。

② わたしはBさんにペンをあげます。

③ あなたはわたしにペンを~~あげます~~。くれます

④ あなたはＢさんにペンをあげます。

⑤ Ａさんはわたしにペンを~~あげます~~。くれます

⑥ Ａさんはあなたにペンをあげます。

⑦ ＡさんはＢさんにペンをあげます。

● これは、私の誕生日に母がくれた腕時計です。（省略『わたしに』）

　／ 這是我生日那天母親送給我的手錶。

● 私は妹にお菓子を買ってあげた。

　／ 我買點心給妹妹。

● 母はお年寄りに席を譲ってあげる優しい人です。

　／ 我媽媽是會讓位子給老人家的非常親切的人。

● 社長：あのう、田中君、君の出張報告書、まだかい。

　部下：えっ、昨日差し上げましたけど。おかしいな。

　／ 社長：田中先生，我還沒拿到你的出差報告單。

　　部下：是嗎，奇怪。我記得昨天就交給你了。

『もらいます』

☆ ある人が他の人から物を受け取ったり、行為を得たりする場合に使う。送り手に敬意を表す場合は、『いただきます』『頂戴します』を使う。

◆ 有的某人從別人那邊得到東西或行為之意。向對方表示敬意的時候用『いただきます』『頂戴します』。

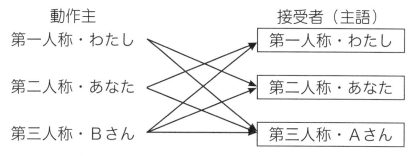

① わたしはあなたにペンをもらいます。

② わたしはＢさんにペンをもらいます。

③ あなたはわたしにペンをもらいます。

④ あなたはＢさんにペンをもらいます。

⑤ Ａさんはわたしにペンをもらいます。

⑥ Ａさんはあなたにペンをもらいます。

⑦ ＡさんはＢさんにペンをもらいます。

● 私は恋人にネクタイをもらった。

　／ 我從情人那邊得到領帶。（情人送領帶給我）

● 鮫島君は鯨岡さんに日本語の辞書をもらった。

　／ 鯨岡老師送日文辭典給鮫島同學。

● 私は美奈子さんに傘を貸してもらった。

　／ 我向美奈子小姐借一把傘。

● 私は先生に貴重なアドバイスをいただいた。

　／ 我從老師那邊得到寶貴的建議。

注 この本では主に、第一人称 ⇔ 第二人称と第一人称 ⇔ 第三人称の同位者の授受表現を取り上げた。敬意表現及び第二人称 ⇔ 第三人称と第三人称 ⇔ 第三人称の授受表現は、話し手と相手との心理的距離関係が問題になるの

で、ここでは詳しくは述べない。

這本書主要說明說話者跟第二人稱或說話者跟第三人稱的授受表現（彼此同輩）。因為敬意表現或第二人稱跟第三人稱、第三人稱跟第三人稱的授受表現是跟說話者對對方的心理方面的疏遠有關係，所以在此不談詳細。

【練習問題３】『あげます』『くれます』『もらいます』

① 母の日に、私は母に赤いカーネーションを（あげよう・もらおう・くれよう）と思います。

② これは私の出産祝いに、友人が（あげた・もらった・くれた）服です。

③ 日本では、レストランやホテルでチップを（あげ・もらわ・くれ）なくてもいい。

④ あなたが注意して（あげた・もらった・くれた）おかげで、事故にあわずに済みました。

⑤ 小さい頃、母は私によく童話の本を読んで（あげた・もらった・くれた）。

⑥ その荷物、重そうね。私が持って（あげよう・もらおう・くれよう）か。

⑦ 自分の事は人に教えて（あげないで・もらわないで・くれないで）、自分でしなさい。

⑧ 体調が悪くなったら、すぐ医者に診て（あげた・もらった・くれた）ほうがいい。

⑨ これ、全部（あげ・もらい・くれ）物です。自分で買った物じゃありません。

⑩ うるさいな！今、俺、勉強してるんだ。静かにして（あげろ・もらえ・く

れ）よ！

⑪ コンピューターのことなら、鮫島さんが詳しいから、わからない時は、教えて（あげたら・もらったら・くれたら）いいよ。

⑫ 電車の中で老人にせっかく席を譲って（あげた・もらった・くれた）のに、その老人は遠慮して、座らなかった。

⑬ 私は自分の誕生日に、プレゼントを（あげた・もらった・くれた）ことがない。

⑭ 駅の出口がわからなくて困っていたら、親切な婦人が連れて行って（あげた・もらった・くれた）。

⑮ その辞書、ちょっと貸して（あげ・もらい・くれ）ませんか。

⑯ あなた、お腹空いてるでしょ。何か作って（あげよう・もらおう・くれよう）か。

⑰ 鮫島くん、昨日は私の仕事、手伝って（あげて・もらって・くれて）、ありがとう。

⑱ こんな物、（あげても・もらっても・くれても）、使わないのにな。要らないから、君に（あげる・もらう・くれる）よ。

⑲ これ、先週友人がぼくに貸して（あげた・もらった・くれた）ＣＤなんだ。だから、君には貸して（あげられ・もらえ・くれ）ないんだよ。

⑳ 今月の給料を（あげたら・もらったら・くれたら）、母に何か買って（あげる・もらう・くれる）つもりです。

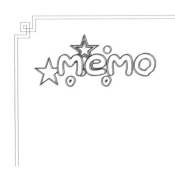

第4課 『言います』『話します』

『言います』

☆ まとまった内容でもいいし、反射的に発した短い言葉でもいい。必ずしも相手は必要ない。『～と言う』のように、引用文の後ろに使われる。主観的言語行動によく使われる。（話し手の感情表現を表す場合に適している）。

◆ 有完整的内容或發出反射性的短句子也可以。沒有對話的物件也可以。

　如「說～」，常接在引用句的後面。常用在主觀的言行。（對於說話者的感情表現的時候很合適）

● いくらあなたが同意しても、社長が「はい」と言わないと、決められない。

　/ 如果社長不同意的話，就算你贊成，事情也是沒辦法決定。

● あのう、みんなに言っとくけど、今度からお茶を飲む時は、自分のコップを使うようにしてくださいね。

　/ 各位，請聽我說，以後要喝茶的時候，拜託一定要用自己的杯子好嗎？

● 早退したい？ 何言ってんだよ。こんな忙しい時に。

　/ 提早走？你在說什麼？在這麼忙的時候。

『話します』

☆ ある程度まとまった内容があり、必ず聞く相手がいる。話す行為自体に重点があり、客観的言語行動によく使われる。

◆ 講話的内容一定是完整的而且一定有聽話的人。常用在客觀性言行的句子裏。（重點在講話本身的行為）

● 今度のスピーチコンテストで話すテーマは、『日本人の長所と短所』です。

／ 這次演講比賽的題目是『日本人的優點和缺點』。

● 私は毎週土曜日、実家の母と電話で話す。

／ 我每個週末都跟老家的媽媽通電話。

● ちょっと、お話ししたいことがあるんですが、今よろしいですか。

／ 有些事情想跟你談一談，現在方便嗎？

【練習問題４】『言います』『話します』

① 「Good morning」は日本語で「おはようございます」と（言います・話します）。

② 今、あそこで学生と（言っている・話している）人は、私の先生です。

③ さっき、天気予報で明日は雨が降るって（言って・話して）いましたよ。

④ 長い夏休みも、あっと（言う・話す）間に終わってしまった。

⑤ 彼は、いったん（言い・話し）出すと、30分は止まらない。

⑥ 彼女は（言い・話し）出したらきかない性格だ。

⑦ 明日の会議で（言う・話す）内容をもう一度確認する。

⑧ 人と（言っている・話している）時に、脇から邪魔しないでくれ。

⑨ 父は頑固だけど、（言えば・話せば）、きっとわかってくれると思う。

⑩ 今、金がない？　よく（言うよ・話すよ）。昨日給料もらったばかりじゃないか。

⑪ たばこを止めろと（言われても・話されても）、なかなか止められない。

⑫ 彼は（言った・話した）ことは必ず実行する男だ。

⑬ 彼女はバイリンガルで、英語と中国語の二か国語を（言う・話す）ことができる。

⑭ 祖父は昔の戦争体験を私に（言って・話して）くれた。

⑮ 彼は自分では何もできないくせに、文句ばかり（言っている・話している）。

⑯ 彼とは挨拶は交わしたことはあるが、（言った・話した）ことは一度もない。

⑰ 私は人前で（言う・話す）のが、あまり得意じゃない。

⑱ もう一度（言います・話します）。テストの範囲は第5課から第6課までです。

⑲ お互い腹を割って（言えば・話せば）、理解も一層深まる。

⑳ （言う・話す）は易く、行うは難し。

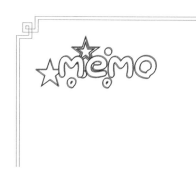

第5課　『うっかり』『つい』『思わず』

『うっかり』

☆ 自分の不注意で、何かをしてしまう事。だから、意味は悪い事を表す。

◆ 由於自己的不注意而做出某個事情。所以都表示貶意。中文的意思是
　『不小心～』『不留神～』『無意中～』。

● 電車の中に、うっかりかばんを忘れてしまった。

　/ 不小心把皮包忘在電車裡。

● 友達の秘密をうっかりしゃべってしまった。

　/ 無意中把朋友的秘密說了出來。

● うっかりして、窓を閉めないで、出かけた。

　/ 不小心忘了關窗戶就出門了。

『つい』

☆ 自分ではそうする事がよくない事だとわかっているが、本能的、習慣的にしてしまう時に使う。

◆ 自己本身明知道這麼做是不好的事情，但是無意中、不知不覺地做出來。中文的意思是『無意中～』『忍不住～』『不知不覺地』。

● たばこは体に悪いとわかっていても、つい吸ってしまう。

　/ 明知道對身體不好，但還是禁不住想抽煙。

25

● 好きな物を見ると、つい衝動買いしてしまう。

　／ 看到喜歡的東西，就忍不住衝動買下來。

● 部下の仕事ぶりを見ると、つい愚痴が出る。

　／ 看到部下的工作態度，就忍不住要嘮叨兩句。

『思わず』

☆ 外から主に感覚的刺激を受けて、反射的、瞬間的にする動作に使う。

◆ 主要是從外面感受到刺激，所引發瞬間的反射動作。中文的意思是『不禁～』『不由得～』『反射似的～』。

● 母の手紙を読んで、思わず涙が出てきた。

　／ 看到媽媽的信不禁流下淚來。

● あまりのまずさに、思わず吐き出した。

　／ 因為太難吃，所以馬上吐出來。

● ゴキブリを見て、思わず叫んだ。

　／ 看到蟑螂，就大聲叫。

【練習問題５】 『うっかり』『つい』『思わず』

① バーゲンセールに行くと、要らない物まで（うっかり・つい・思わず）買っちゃって、いつも後で後悔するんですよ。

② 電車の中に、（うっかり・つい・思わず）傘を忘れてしまった。

③ 実家に電話すると、（うっかり・つい・思わず）長電話になってしまう。

④ 子どもの血だらけの格好を見て、（うっかり・つい・思わず）悲鳴を上げ

た。

⑤ （うっかり・つい・思わず）切手を貼らずに、手紙を出してしまった。

⑥ 会社で（うっかり・つい・思わず）上司の悪口なんか言えない。

⑦ 合格者名簿に自分の名前を見つけ、（うっかり・つい・思わず）万歳をした。

⑧ 仕事が忙しくて、（うっかり・思わず）自宅に電話するのを忘れてしまった。

⑨ 最近は、（うっかり・つい・思わず）すると、２、３キロはすぐ太ってしまう。

⑩ 体によくないとわかっていても、（うっかり・つい・思わず）無理をしてしまう。

⑪ お世辞だとはわかっていても、褒められると、（うっかり・つい・思わず）その気になってしまう。

⑫ 今朝、（うっかり・つい・思わず）寝過ごして、会社に遅刻してしまった。

⑬ 母の手紙を読んで、（うっかり・つい・思わず）涙が溢れてきた。

⑭ 交差点で、突然子どもが飛び出して来て、（うっかり・つい・思わず）急ブレーキを踏んだが、間に合わなかった。

⑮ いくら辛抱強い先生でも、一向に進歩しない生徒を見ると、（うっかり・つい・思わず）愚痴もいいたくなる。

⑯ この浮気が（うっかり・つい・思わず）妻にばれたら、即刻離婚だよ。

⑰ 凄惨な事故の光景を見て、（うっかり・つい・思わず）目を覆ってしまった。

⑱ 父の突然の訃報に（うっかり・つい・思わず）泣き崩れた。

⑲ 上司の（うっかり・つい・思わず）耳を塞ぎたくなるような、下手糞な

歌。

⑳ 悪い事とはわかってたけど、仲間に誘われて（うっかり・つい・思わず）

やっちゃったんだ。後悔してるよ。

第6課 『思<small>おも</small>います』『考<small>かんが</small>えます』

『思<small>おも</small>います』

☆ 話<small>はな</small>し手<small>て</small>の感情的<small>かんじょうてき</small>、感覚的<small>かんかくてき</small>な表層的判断<small>ひょうそうてきはんだん</small>を表<small>あらわ</small>す。名詞用法<small>めいしようほう</small>では、話<small>はな</small>し手<small>て</small>の情意<small>じょうい</small>を表<small>あらわ</small>す。口語<small>こうご</small>でよく使<small>つか</small>い、推測<small>すいそく</small>、願望<small>がんぼう</small>を表<small>あらわ</small>すことができる。

◆ 表示說話者的直覺的『感情』『感覺』判斷。句子裡當名詞的時候表示人的『心情』。常用在口語會話裡。還可以表示『推測』『願望』。中文的意思是想、覺得、回憶、情思、感覺、願望、擔心、預想、想像、推測等等。

● 日本人<small>にほんじん</small>はとてもきれい好<small>ず</small>きな国民<small>こくみん</small>だと思<small>おも</small>います。

　/ 我覺得日本人是很愛乾淨的民族。

● A：今日<small>きょう</small>のテスト、どうだった？

　B：そうね、ちょっと難<small>むずか</small>しかったと思<small>おも</small>う。

　/ A：今天的考試怎樣？

　　B：嗯，我覺得有點難。

● 異国<small>いこく</small>にいても、祖国<small>そこく</small>を愛<small>あい</small>する思<small>おも</small>いは変<small>か</small>わりません。

　/ 雖然身在國外，但是愛祖國的心還是不變的。

『考えます』

☆ 感覚的、感情的な判断ではなくて、頭を使って判断すること。名詞用法では、具体的な事柄を表す。推測、願望には使えない。改まった言い方である。

◆ 不是表示『感情』『感覺』的直覺判斷，而是表示理性的判斷。句子裡當名詞的時候表示『具體的事情』。有點既生硬又正式的說法，不能表示『推測』『願望』。中文的意思是認為、思考、考慮、判斷、想法、主意、意見、計畫、方法等等。

● これは大事なことですから、よく考えてから返事をください。

　/ 這是很重要的事情，所以請你好好地考慮之後再回答。

● 会議の席上で、自分の考えを発表する。

　/ 在會議上表達自己的看法。

● この論文の内容から考えると、近代は既に終わったと言える。

　/ 以這個論文來判斷，可以說『近代』已經結束了。

【練習問題６】 『思います』『考えます』

① 今日は疲れたので、お風呂に入ってすぐ寝ようと（思います・考えます）。

② よく（思ってから・考えてから）、解答欄に記入してください。

③ 最近ずっと雨だから、明日もたぶん雨だと（思うよ・考えるよ）。

④ これは私たちが何度も（思った・考えた）あとに出した結論です。

⑤ 誰かと（思ったら・考えたら）、鮫島さんじゃないの。こんな所で何してるの。

⑥ そろそろお客さんが来ると（思う・考える）から、飲み物の準備をしまし

ょう。

⑦ いろいろ（思った・考えた）んですが、やっぱり会社を辞めて、実家の家業を継ぐことにしました。

⑧ 私は社長の（思い・考え）に反対です。

⑨ （思っても・考えても）わからなかったら、先生に聞きましょう。

⑩ 鯨岡主任はもう退社したと（思いますよ・考えますよ）。かばんがありませんから。

⑪ 自分の熱い（思い・考え）を込めて、恋人にラブレターを書く。

⑫ 彼はいろいろユニークなアイデアを次から次に（思い・考え）出す。

⑬ 辛かった浪人時代のことなんて、（思い・考え）出したくもない。

⑭ 卒業したら、大学院に進もうか就職しようか、今（思っている・考えている）ところです。

⑮ 彼が課長に昇進するとは夢にも（思わなかった・考えなかった）。

⑯ この手紙を読むと、母の家族に対する（思い・考え）がひしひしと伝わって来る。

⑰ 彼は（思った・考えた）ことをはっきり言う、歯に衣着せぬ性格だ。

⑱ 地球の温暖化を防ぐために、いろいろな方法が（思われて・考えられて）います。

⑲ この件は今ここで即答できません。もう少し（思わせて・考えさせて）ください。

⑳ 生産拠点を海外に移転するという部長の（思い・考え）には賛成ですが、アメリカへの移転はもう少しよく（思った・考えた）ほうがいいと（思います・考えます）。

第7課 『かならず』『きっと』『ぜひ』

『かならず』

☆ 必然的な論理を表すことができる。

☆ 『判断』『推量』を表し、確信度は『きっと』より強い。

☆ 自分以外の者に対する『希望』『願望』を表し、要求度はとても強い。

☆ 動詞を修飾し、否定文には使われない。

◆ 表示必然論理。

◆ 『判斷』『推測』的堅定度跟『きっと』比起來大。

◆ 表示對別人的『希望』『願望』，要求的程度很大。

◆ 修飾動詞。不能用在否定句裡面。

☆『必然的な論理』を表す

● 税金は必ず納めなければならない。

／ 税是一定要繳納的。

● 人は必ず年を取る。

／ 人的年紀是一定會增長的。

● 水を分解したら、必ず水素と酸素になる。

／ 水分解就變成氫和氧。

☆「判断」「推量」を表す

● 彼は約束は必ず守る男だ。

／ 他是個很守信的人。

● この新製品は必ず売れると思う。

/ 我想這個新產品的銷路一定很好。

● 彼は必ず大学に合格するだろう。

/ 他一定考得上大學。

● 君は今、大学を中退したら、将来必ず後悔するよ。

/ 如果現在從大學退學的話，將來你一定是會後悔的。

☆ 自分以外の者に対する『希望』『願望』を表す

● 解答用紙には必ず名前を記入してください。

/ 答案卷上必須寫上名字。

● 宿題は必ずやりなさい。

/ 作業一定要做。

● 使ったら、必ず元の所に戻しておきましょう。

/ 用完了，請務必歸還原處。

● 家に帰ったら、必ずうがいをしてください。

/ 回到家，請記得先漱口。

☆ 動詞を修飾し、否定文には使われない

明日は必ず雨だ。　　　（×名詞を修飾）
明日は必ず雨が降る。　（○動詞を修飾）

電車には必ず間に合わない。　　（×否定形）
電車には絶対に間に合わない。　（○）

34

☆ 話し手の「判断」「推量」を表し、その確信度は「必ず」より弱い。

☆ 自分以外の者に対する「希望」「願望」を表す。

◆ 表示說話者的『判斷』『推測』，堅定度比『かならず』小。

◆ 表示對別人的『希望』『願望』。

☆「判断」「推量」を表す

● 空が暗くなったから、きっと雨が降る。

/ 天變暗了。我想一定會下雨。

● 彼はきっと来る。

/ 他一定會來。

● 毎日一生懸命勉強すれば、きっと進歩すると思う。

/ 每天拼命學習的話，我想一定會有進步的。

● 彼は顔色が悪いから、きっと病気だ。

/ 他臉色不好。我想一定是生病了。

☆「希望」「願望」を表し、その対象は自分以外に対するものである。

● 今晩のパーティー、きっと来てくださいよ。

/ 今天晚上的宴會，你一定要來喔。

● きっと、約束の時間までに来てください。

/ 請務必在約定的時間之前到來。

● 国に帰っても、きっと手紙をください。

/ 回國之後也請一定寫信給我。

｛明日までに、きっと返したい。　　　　（×自分）

　　明日までに、きっと返してください。　　（○自分以外）

『ぜひ』

☆ 『ぜひ～たい』で、話し手自身の強い『希望』『願望』を表す。

☆ 自分以外の者に対する『希望』『願望』も表すことができる。

◆ 『ぜひ～たい』用來表示說話者的強烈的『希望』『願望』，也同時可

以表示對別人的『希望』『願望』。

☆『ぜひ～たい』で、話し手自身の強い『希望』『願望』を表す

● 今度の日曜日には、ぜひ先生の家へ遊びに行きたい。

/ 下禮拜天我很想去老師家玩。

● 在学中に、ぜひ留学したいです。

/ 在求學的時候，我很想去留學。

☆ 自分以外の者に対する『希望』『願望』も表すことができる

● あなたの奥さんにも、ぜひ参加してほしい。

/ 希望尊夫人也參加。

● 若いうちに、ぜひ留学しなさい。

/ 希望你趁年輕的時候去留學。

● この仕事は、ぜひ私にやらせてください。

/ 回國之後也請一定寫信給我。

◎ 整理 ◎

	かならず	きっと	ぜひ
文法的制限	動詞を修飾する 否定文に使えない		後に多く『〜たい』 『〜ほしい』が続く
必然的論理	○	×	×
判断・推測	○	○	×
希望・願望 （自分に対して）	×	×	○
希望・願望 （他人に対して）	○	○	○

【練習問題7】 『かならず』『きっと』『ぜひ』

① 明日の会議、できればあなたにも（かならず・きっと・ぜひ）参加してもらいたいんです。

② 一旦決めたことは、（かならず・きっと・ぜひ）実行しなければならない。

③ 赤信号の時は、（かならず・きっと・ぜひ）止まらなければなりません。

④ 最近ずっと雨だから、明日も（かならず・きっと・ぜひ）雨ですよ。

⑤ 明日の面接の時、受験票を（かならず・きっと・ぜひ）持参すること。

⑥ 夏休みの間、（かならず・きっと・ぜひ）一度私の実家へ遊びに来てください。

⑦ AさんよりBさんのほうが、（かならず・きっと・ぜひ）若いと思う。

⑧ 1年間日本に留学するのに、300万円では（かならず・きっと・ぜひ）足りないと思う。

⑨ これは我が社の新製品でございます。（きっと・ぜひ）ご満足いただける

と確信しております。（かならず・きっと・ぜひ）一度、お試しください。

⑩ 彼は約束したら、（かならず・きっと・ぜひ）守る人です。

⑪ 人は（かならず・きっと・ぜひ）死にます。

⑫ あの人、（かならず・きっと・ぜひ）九州出身だよ。

⑬ 今度のパーティー（かならず・きっと・ぜひ）あなたにも出席していただきたい。

⑭ 今から出発しても、（かならず・きっと・ぜひ）間に合わないでしょう。

⑮ 主人は夕食の時、（かならず・きっと・ぜひ）晩酌をしないと、気が済まない。

⑯ Ａさんは、今回の事件について（かならず・きっと・ぜひ）何も知らないと思う。

⑰ 車を運転する時は（かならず・きっと・ぜひ）免許証を携帯しなければならない。

⑱ もし、ご都合がよろしければ、（かならず・きっと・ぜひ）直接お目にかかって、お話を伺いたいと思います。

⑲ 使った物は（かならず・きっと・ぜひ）元の所に戻しなさい。

⑳ 今日は日曜日だから、デパートは（かならず・きっと・ぜひ）人が多いと思う。

『壊れます・壊します』『破れます・破ります』
『割れます・割ります』『切れます・切ります』

☆ 『壊れる・壊す』：機械、装置、物品、雰囲気…

☆ 『破れる・破る』：紙、袋、服、規則…

☆ 『割れる・割る』：容器、窓ガラス、物品…（鈍く裂ける様子）

☆ 『切れる・切る』：髪、紐、糸、物品、縁…（鋭く裂ける様子）

◆ 慣用表現 ◆

雰囲気を壊す	（破壊氣氛）	体を壊す	（弄壊身體）
お腹を壊す	（拉壊肚子）	約束を破る	（失約）
規則を破る	（違反規則）	記録を破る	（打破記録）
敵を破る	（打敗敵人）	口を割る	（招供）
列に割り込む	（擠進行列中）	腹を割る	（開誠佈公地說）
縁を切る	（斷絕關係）	領収書を切る	（寫收條）
封を切る	（折封）	風を切る	（飛快前進）
先頭を切る	（站在最前面）	電池が切れる	（電池用完了）
頭が切れる	（精明能幹）		

【練習問題8】 『壊す・壊れる』 『破る・破れる』

『割る・割れる』 『切る・切れる』

① あっ！部屋の窓ガラスが（壊れて・破れて・割れて・切れて）いる。

② このコップは丈夫で（破れ・割れ・切れ）にくい。

③ 先生、ズボンのお尻が（壊れて・破れて・割れて・切れて）いますよ。

④ 夏は、髪を短く（壊す・破る・割る・切る）と、涼しいですよ。

⑤ コピー機が（壊れて・破れて・割れて・切れて）、使えません。

⑥ うっかりナイフで手を（壊して・破って・割って・切って）しまった。

⑦ あなたは手でりんごが二つに（壊せ・破れ・割れ・切れ）ますか。

⑧ 規則を（壊したら・破ったら・割ったら・切ったら）、罰金を科せられ

る。

⑨ 列の横から（壊し・破り・割り・切り）込む不届き者。

⑩ もう彼女とは、既に手を（壊した・破った・割った・切った）。

⑪ 彼の発言が友好的な会議の雰囲気を（壊して・破って・割って・切って）

しまった。

⑫ 二十年ぶりに世界記録が（壊された・破られた・割られた・切られた）。

⑬ 夏の海の風物詩と言えば、かき氷に西瓜（壊し・破り・割り・切り）。

⑭ 警察の執拗な尋問にも、なかなか口を（壊さない・破らない・割らない・

切らない）。

⑮ 私、約束を（壊す・破る・割る・切る）人って、大嫌い！

⑯ 彼は働き過ぎで、体を（壊して・破って・割って・切って）しまった。

⑰ 日本製の家電は丈夫で（壊れ・破れ・割れ・切れ）にくいそうです。

⑱ 腹を（壊して・破って・割って・切って）話せば、わかってもらえると思

う。

⑲ 電池が（壊れる・破れる・割れる・切れる）前に、充電しておきましょ

う。

⑳ 誰だ！俺のカメラを（壊した・破った・割った・切った）のは。

第9課　『きらい』『いや』

『きらい』

☆ 話し手の対象に対する客観的な判断。継続的、長期的な感情表現に多く使われる。『好き』の反意語である。『～のきらいがある』は、『～する傾向がある』の意味で使われる。

◆ 表示說話者對對象的客觀的判斷，多用在繼續、長期間的感情表現。『すき』的反意詞。『～きらいがある』是『有～的傾向』之意。中文的意思是『不喜歡』、『討厭』。

● 私はカラオケがきらいです。

　/ 我不喜歡卡拉OK。

● 私は月曜日がきらいです。会議が多いから。

　/ 我不喜歡星期一，因為要參加很多會議。

● 私は小さい時から、運動がきらいでした。

　/ 我從小就不喜歡運動。

● みんな、授業の時、ちょっと消極的なきらいがある。もう少し積極的に授業に参加してほしい。

　/ 各位同學，上課不太踴躍喔。大家稍微主動一點吧！

☆ 話し手の直接的、一時的な感情表現の描写によく使われ、『拒否の意志』を示す。

◆ 表示『拒絕之意志』，多用在描寫說話者直接、短期間的感情。中文的意思是『討厭』、『不願意』『不想做～』。

● 今日は忙しいので、いやでも残業しなければなならい。

／今天很忙，所以不想加班也得加班。

● 日本の梅雨はじめじめして、いやですね。

／ 日本的梅雨期很潮濕，真討厭。

● A：田中さん、元気ないですね。何かいやなことでもあったんですか。

　B：ええ、実は財布をなくしたんです。

／ A： 田中先生，你好像沒有精神的樣子。有甚麼不如意的事嗎？

　B： 是的，我把錢包弄丟了。

【練習問題９】 『きらい』『いや』

① あいつと仕事するのは、絶対（きらい・いや）だ。

② 私は何でも食べます。（きらい・いや）な食べ物はありません。

③ 私が好きな国は日本です。（きらい・いや）な国はありません。

④ A：ねえ、今晩カラオケに行かない。

　B：（きらい・いや）だよ。俺、音痴だから。

⑤ 田中のやつ、陰で人の悪口を言うなんて、（きらい・いや）な野郎だ。

⑥ A：美智子さん、私と付き合ってくれませんか。

Ｂ：あのう、わたし、あなたのことが（きらい・いや）なの。ごめんなさい

　　ね。

⑦ 私は人前に立つと、どうも緊張する（きらい・いや）がある。

⑧ Ａ：鈴木君、今晩一杯どうだい。時間あるだろ。（きらい・いや）ならいい

　　けど。

　　Ｂ：いいえ、（きらい・いや）じゃないんですけど、お酒がちょっと（きら

　　い・いや）なもんで。

⑨ 何か、（きらい・いや）な予感がする。

⑩ Ａ：空が急に暗くなってきましたよ。

　　Ｂ：そうですね。（きらい・いや）な天気になりそうですね。

⑪ ピーマンやニンジンが（きらい・いや）な子供は多い。

⑫ 今日もまた雨か！（きらい・いや）だなあ。

⑬ 一生会社に奉仕するなんて、僕は（きらい・いや）だね。

⑭ あなたなんて、大（きらい・いや）！早く出て行ってちょうだい！

⑮ 若い時は演歌が（きらい・いや）だったんだけど、最近、なんか好きになっ

　　ちゃってね。

⑯ もうあなたと一緒に暮らすのは（きらい・いや）です。離婚しましょう！

⑰ 今日もまた残業か、（きらい・いや）になっちゃうね。

⑱ Ａ：ねえ、あなた、なんか元気ないわね。どうしたの。

　　Ｂ：うん、実は今日会社で（きらい・いや）なことがあってね。

⑲ 日本の外交は、ちょっと消極的な（きらい・いや）があると思うけど、あな

　　たはどう思いますか。

⑳ 部下：これ、私の田舎のお土産です。どうぞ召し上がってください。

上司：あ、ありがとう。後で食べるよ。

部下：社長、お（きらい・いや）ですか。おいしいですよ。

第10課 『こそ』『しか』『だけ』『さえ』

『こそ』

> 句型 動詞・て形、ます形、条件形／名詞／ 句子・から＋こそ～

☆ 前の語を特別に提示、強調する。

◆ 把前面的詞特別提示強調。中文的意思是『才是～』。

☆ 『～こそ～、しかし～』で、『～ではあるが、しかし決して（別に）～ ではない』ことを表す。

◆ 『～こそすれ／～こそあれ』用來表示『雖然是～但是決不（並不）～』。

☆ 前の語を特別に提示、強調する

● あなたのことを思っていればこそ、言うんですよ。

/ 我關心你才說呢。

● 今日こそ、彼女にプロポーズするぞ！

/ 今天我一定要向她求婚！

● 日本は島国だったからこそ、外国からの侵略を防ぐことができた。

/ 正因為日本是個島國，所以才能夠防止外國的侵略。

● 言いにくいことも敢えて言ってあげてこそ、ほんとうの親友だ。

/ 不方便說的事情也敢說，這才是真正的朋友。

☆ 『～こそ～、しかし～』で、『～ではあるが、しかし決して（別に）～ではない』ことわ表す

● 彼は顔つきこそ悪いが、性格はいたって優しい。

　／ 他相貌有點兇，但個性卻非常溫柔。

● 寝坊こそすれ、会社にはなんとか間に合った。

　／ 雖然睡過頭了，但是上班時間勉強地趕上了。

● 彼とは面識こそあれ、話したことはない。

　／ 我雖然跟他見過面，但是沒有交談過。

『しか』

句型　動詞・辞書形／名詞／助詞＋しか～（否定形）

☆ 後に否定形を伴って、あることだけを強調して他のことは排除することを表す。

◆ 後面接否定句用來強調某件事情，表示除了這件事情之外的都排除之意。

　中文的意思是『只有～』。

● 今、100円しか持っていない。

　／ 身上現在只有100塊日幣。

● 冷蔵庫の中には、牛乳しか入っていない。

　／ 冰箱裡只有牛奶。

● 金もないし、雨も降っているし、今日は家にいるしかない。

　／ 身上沒有錢，外面又在下雨，今天只好呆在家裡。

● 私は、海外旅行はハワイにしか行ったことがない。

／ 國外旅行，我只去過夏威夷。

句型　動詞・普通形／い形・い／な形・な／名詞、助詞＋だけ〜

☆ 前の語を特別に限定して取り上げる。

◆ 將前句限定於某個範圍，特別提出說明。

● この事を知っているのは、私とあなただけです。

／ 這件事情，就只有你跟我知道。

● この家具は大きいだけで、何の役にも立たない。

／ 這件家具，只是大而沒有用處。

● 休日の時、主人は家でゴロゴロしているだけで、何もしません。

／ 休假日，我先生只在家裡閒著，什麼事都不做。

● パーティーの準備は終わりました。後はお客様を待つだけです。

／ 派對都準備妥當了，接下來就只是等候客人。

49

『さえ』

☆ 後に否定形を伴って、最低限そうでなければならないのだが、実際は
そうではないことを表す。

◆ 後面接否定句用來表示『起碼應該是～但實際不是～』。

☆ 後に肯定形を伴って、最低限そうでなければならないことを表す。

◆ 後面接否定句用來表示『起碼應該是～』。

☆ 『～さえ～たら（ば）』で、それで充分、満足で他のことは必要ない
ことを表す。

◆ 『～さえ～たら（ば）』用來表示『只要～的話，就～』。

☆ 後に否定形を伴って、最低限そうでなければならないのだが、実際はそうで
はないことを表す

● 都会の人はエレベーターの中で会っても、挨拶さえしない。

／ 都市的人，即使在電梯裡碰了面，也不打個招呼。

● 彼はいくら飲んでも、顔色さえ変わらない。

／ 他不論喝多少酒，都面不改色。

☆ 後に肯定形を伴って、最低限そうでなければならないことを表す

● こんな常識、子供でさえ知っている。

／ 這樣的常識，連小孩都知道。

● 私でさえできるんだから、あなたもきっとできるはずです。

／ 我都會了，你當然也一定會。

☆ 『〜さえ〜たら（ば）』で、それで充分、満足で、他のことは必要ないことを表す

● 明日の試験、ここさえ覚えれば大丈夫だ。

/ 明天的考試只要背這些就沒有問題吧。

● 僕はキムチさえあれば、三杯ご飯が食べられる。

/ 只要有韓國泡菜，我就吃得下三碗飯。

【練習問題10】 『こそ』『しか』『だけ』『さえ』

① 人生は一度（こそ・しか・だけ・さえ）ない。

② これ（こそ・しか・だけ・さえ）私が長年探していたものです。

③ 私はベジタリアンで、ほとんど野菜と果物（こそ・しか・だけ・さえ）食べません。

④ この話、あなたに（こそ・しか・だけ・さえ）話してあげる。

⑤ 失恋のショックで食事（こそ・しか・だけ・さえ）喉を通らない。

⑥ 父は私たちの結婚に最初は怒り（こそ・しか・だけ・さえ）すれ、反対はしなかった。

⑦ 私のことを理解してくれるのは、君（こそ・しか・だけ・さえ）だ。

⑧ 私はあなたが体（こそ・しか・だけ・さえ）健康であれば、それでいいんです。

⑨ 今度（こそ・しか・だけ・さえ）合格して見せるぞ！

⑩ あなたのことを心配しているから（こそ・しか・だけ・さえ）注意しているのだ。

⑪ 君は入社して10年にもなるのに、こんな初歩的なこと（こそ・だけ・さ

え）わからないのか。

⑫ 昨日の授業には、なんと学生がたった一人（こそ・しか・だけ・さえ）来な

かった。

⑬ 息子は暇（こそ・しか・だけ・さえ）あれば、テレビゲームをしている。

⑭ 社員旅行に行かないのは、鮫島君、君（こそ・しか・だけ・さえ）だよ。

⑮ 私は朝食は牛乳（こそ・しか・だけ・さえ）飲みません。

⑯ 部下が困っている時に助けてくれて（こそ・しか・だけ・さえ）ほんとうの

上司だ。

⑰ そんなことしたら、それ（こそ・しか・だけ・さえ）大変だ。

⑱ 勉強して（こそ・しか・だけ・さえ）学生だ。しかし、君は勉強どころか

学校に（こそ・しか・だけ・さえ）行っていない。

⑲ この世の中、お金（こそ・しか・だけ・さえ）あれば、何でもできると思っ

ている人がいる。

⑳ こうなったら、もう最後の手段を取る（こそ・しか・だけ・さえ）ない。

第11課 『します』『やります』

『します』

☆ 視覚、聴覚などの感覚的なことを表す語に付きやすい。慣用的表現は、身に付ける動作や値段、注文、日程などを決定する時に使う。

◆ 和表示視覺、聽覺等的單字在一起使用。慣用句裡大都是表示穿戴身上的動作或決定『價錢』『點菜』『時間』『計畫』的時候使用。

● 変な臭いがする。

／ 有怪味。

● 今、玄関で人の足音がした。

／ 玄關現在有腳步聲。

● ちょっと吐き気がする。

／ 我有點想吐。

● 日本は科学技術が進歩している。

／ 日本科技很先進。

● 物価が上昇をする。

／ 物價上漲。

● ネクタイをする。

／ 打領帶。

● 最近、ピアスをした男性を時々見かける。

／ 最近常看到戴耳環的男生。

● この本は、一冊二万円もする。

/ 這一本要二萬日幣。

● 今日は何にしようかな。やっぱり、生姜焼き定食にしよう。

/ 今天吃什麼好呢？還是點『生姜燒定食』吧！

『やります』

☆ 『あげる』『送る』の意味を表す時や人や物の移動を表す時に使う。慣用的表現で多く使われる。口語の砕けた場面で使われることが多い。

◆ 表示『送給別人』或是人、東西的移動的時候使用。多用在慣用句裡。

　跟熟人講話時的通俗會話裡面使用。

● 息子を大学にやる。

/ 送兒子上大學。

● 花に水をやる。

/ 澆花。

● この給料では、とてもやっていけない。

/ 這麼一點薪水，真活不下去。

● 私は賭け事は一切やりません。

/ 我絕不參與任何賭博。

● お前、こんな所で、何やってんだよ。

/ 你怎麼會在這樣的地方呢？

● こんな仕事、やってられないよ。

/ 這樣的工作，我不想做。

【練習問題11】 『します』『やります』

① 私は酒もたばこも一切（しません・やりません）。

② 私、紅茶に（する・やる）けど、あなた、何に（する・やる）？

③ 日差しが強い時は、サングラスを（した・やった）ほうがいい。

④ 私はまだ結婚（して・やって）いません。

⑤ 社長に君のほんとうの実力を見せて（しろ・やれ）！

⑥ 時代と共に人の考え方も変化を（する・やる）。

⑦ 今、どんな映画を（して・やって）いるか、知らない？

⑧ 今回は（されちゃった・やられちゃった）ね。うちの負けだ。

⑨ 最近、めがねを（しないと・やらないと）、新聞の字が見にくくなった。

⑩ もう一度、詳しく調査（して・やって）、ご報告いたします。

⑪ 俺のかばん、どこに（した・やった）？ ないよ。

⑫ 彼女はとても可愛い声を（して・やって）いる。

⑬ 人生は（し・やり）直しができない。

⑭ よくわからないので、もう一度説明（して・やって）ください。

⑮ 金魚に餌を（し・やり）過ぎると、死んでしまいますよ。

⑯ 山に高く登れば登るほど、気圧が減少（する・やる）。

⑰ 俺だって、（する・やる）時は（する・やる）よ。

⑱ 駅に着いたら、連絡してください。部下をすぐ、迎えに（します・やります）から。

⑲ こんな安月給では、とても（して・やって）いけない。

⑳ 風邪のせいか急に寒気が（して・やって）きて、めまいも（する・やる）。

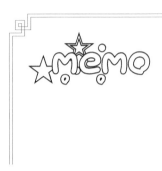

第12課 『趣味』『興味』

『趣味』

☆ 好きで興味があって、暇な時に実際にしていること。

◆ 因為又有興趣又喜歡，所以有空的時候實際在從事的工作。

● 私の趣味は切手を集めることです。

　/ 我的愛好是收集郵票。

● なかなかいい趣味を持っているじゃないか。

　/ 你有很好的嗜好。

● 私はそんな趣味はありません。

　/ 我沒有這樣的嗜好。

● 趣味と実益を兼ねた仕事。

　/ 興趣和實質利益兼有的工作。

『興味』

☆ ある事に好奇心や関心を持っていること。実際にそれをしているかしていないかは問題ではない。

◆ 表示對某種事情有興趣或關心之意。不重視實際上是否在做。

● 私は中国の水彩画に興味があります。

　/ 我對中國的水彩畫有興趣。

● 私はスポーツには興味がないので、一切しません。

/ 我對運動沒有興趣，所以從不運動。

● 彼の話を聞いているうちに、だんだん興味が湧いて来た。

/ 聽了他的話，漸漸地產生興趣了。

● 以前からずっと太極拳に興味を持っていたんですが、やっと最近始めました。

/ 我對太極拳一直就有興趣，最近終於開始打了。

【練習問題12】『趣味』『興味』

① 私は爬虫類を飼うという変な（趣味・興味）があります。

② 彼は水泳や絵画や登山など、多彩な（趣味・興味）を持っている。

③ 私は以前からヨガに（趣味・興味）があって、ずっとやりたかったんですが、やっと最近始めました。

④ これ、私たちのサークルを紹介したパンフレットです。あなたも（趣味・興味）があったら、是非一度いらっしゃってください。

⑤ 彼は酒にも女にも全く（趣味・興味）がない、坊さんみたいな男だ。

⑥ 彼女はいつも（趣味・興味）のいい服を着ている。

⑦ 日本の伝統芸能、特に能や茶道は、奥が深くて（趣味・興味）が尽きない。

⑧ 何にでも（趣味・興味）を持つことが大切です。

⑨ 以前の職場に日本人がいて、彼の日本語を聞いて、日本語に（趣味・興味）を覚えて、それから日本語を勉強し始めたんです。

⑩ 授業では学生の（趣味・興味）を引くような話題を取り上げたほうがいい。

⑪ 彼は以前、よくヨットに乗っていたんですが、最近は忙しくて、そんな贅沢

な（趣味・興味）もできないようだ。

⑫ 盆栽や陶芸を（趣味・興味）にする人も多いけど、若い人は少ないようだ。

⑬ 今日の講演会のテーマは、とても（趣味・興味）深かった。

⑭ これは私が二十年間、（趣味・興味）で収集した絵画です。

⑮ パチンコは私の（趣味・興味）で、本職ではありません。

⑯ 度重なる政治家の汚職で、政治に対する（趣味・興味）を失った。

⑰ （趣味・興味）のいい調度品で飾られた部屋。

⑱ （趣味・興味）で始めた骨董集めが、いつの間にか本業になってしまった。

⑲ （趣味・興味）本意でボランティアに参加されては困ります。

⑳ 彼は演歌が好きなようだけど、私の（趣味・興味）に合わないわ。

第13課 『知ります』『わかります』

『知ります』

☆ ある情報をキャッチしてその情報を持っていること。その情報の具体的な内容を理解しているかどうかは問わない。

◆ 表示得到某個消息之後，擁有那個消息的狀態。不問是否瞭解該消息的具體內容。

● 田中さんがあんなに英語が上手だとは知らなかった。

/ 我現在才知道田中先生會說那麼好的英文。

● 誰か、山田さんの電話番号、知りませんか。知っていたら、教えてください。

/ 有沒有人知道山田先生的電話號碼？如果知道的話，請告訴我。

● 知ってるくせに、どうして教えてくれないんですか。

/ 你明明知道，卻不告訴我嗎？

『わかります』

☆ 自分が既に持っている情報や知識を頭で理解しているという意味。

◆ 已有的消息用頭腦瞭解之意。

● 君の言いたい事はよくわかっている。

/ 我十分了解你所想說的事。

61

● 彼は英語がわかる。

　　/　他懂英文。

● たばこが体に悪いって、わかっちゃいるんだけど、なかなか止められな

　　くてね。

　　/　我明明知道抽煙是對身體不好的，可是怎麼也戒不掉。

【練習問題13】 『知ります』『わかります』

① 君に俺の気持ちなんか（知る・わかる）もんか。

② いくら考えても、どうしても（知らない・わからない）。

③ （知らない・わからない）時は、辞書を引くか、先生に質問してください。

④ 『光陰矢の如し』、（知らない・わからない）うちに、こんな歳になってし

　　まった。

⑤ 課長が大阪支店に転勤になったことは、今日の会議で初めて（知った・わか

　　った）。

⑥ 彼は物（知り・わかり）で、「生き字引き」とみんなに言われている。

⑦ この子はまだ若いのに、物（知り・わかり）がいい。

⑧ 『聞くは一時の恥、（知らぬ・わからぬ）は一生の恥』

⑨ そんな無茶して、体を壊しても（知らないよ・わからないよ）！

⑩ 遅刻常習犯の彼、時間どおりに来るなんて言ってたけど、（知らないわよ・

　　わかんないわよ）。

⑪ 今回、どうして彼があんな行動をしたのか、私には（知らない・わからな

　　い）。

⑫ ねえ、ねえ、美奈子！鯨岡部長、大阪支社に転勤するんだって。（知ってた

・わかってた）？

⑬ 田中さんなら、何か（知ってる・わかってる）んじゃない。だって、会社の

情報通だから。

⑭ 昨日、お風呂に入っている時、ふと鏡を見たら、頭の後ろの所がちょっと薄

くなってたんだよ。（知らなかったよ・わからなかったよ）。

⑮ 嘘をついてもすぐ（知っているよ・わかるよ）。君はすぐ顔に出るから。

⑯ （知って・わかって）たら、君に教えてあげるけど、（知らない・わからな

い）ことは、教えられないよ。

⑰ 先生、15ページの上から4行目の単語の意味が（知りません・わかりませ

ん）。

⑱ 彼は口が堅いから、（知って・わかって）ても、なかなか教えてくれないと

思うよ。

⑲ 母：健ちゃん！早く起きなさい！学校に遅れるわよ。

健：（知ってる・わかってる）よ。うるさいな。

⑳ 何度も同じ失敗をすれば、いくら彼でも（知りそう・わかりそう）なもんだ

けどな。

『そうです』

<table>
<tr><td>句型</td><td>普通形＋そうです。</td></tr>
</table>

☆ 自分が直接見たり聞いたりしたのではなく、間接的に得た情報をその
まま相手に伝える伝聞表現である。自分の考えは全く入っておらず、
重点は情報を相手に伝える事にある。

◆ 不是說話者自己直接看到、聽到的消息，而是說話者從別人或媒體間接看
到、聽到的消息轉告第三者的時候使用。重點在「轉達消息」。

● 天気予報によると、今年の冬は寒くなるそうです。

　／ 據天氣預報說今年冬天很冷。

● 新聞で読んだんだけど、あの人、かなり有名な政治家だそうよ。

　／ 聽報紙說他是個有名的政治家。

● テレビのニュースによると、株価が大暴落したそうです。

　／ 據新聞報導股票暴跌。

『らしいです』

☆ 確かな根拠・情報に基づいた話し手の客観的判断、推測を表す。

話し手の主観的な判断、推測の意味はあまりない。その他に、『名詞＋らしい』で、『〜にふさわしい』という用法がある。

◆ 說話者根據客觀的消息或情報判斷推測。說話者的主觀意識弱。

「名詞＋らしい」有「名符其實」「像〜的樣子」「有〜的風範」之意。

不太適合使用在有關自己的事情。

☆ ある確かな根拠・情報に基づいた話し手の客観的判断を表す

● 部内の情報によると、田中課長は来月大阪支社に転勤するらしい。

／ 據內部的小道消息，田中課長下個月要調到大阪分社。

● 部屋をノックしても返事がないし、電気も消えている。どうも、出かけたらしい。

／ 敲門也沒有回應，燈也關著，可能他出去了。

● デパートの前に人がたくさん並んでいる。バーゲンセールをやっているらしい。

／ 百貨公司前有很多人排隊。好像有大拍賣。

● 火事が起きたらしい。家の前を消防車が何台も通って行った。

／ 好像有火災。很多消防車從我家前面開去了。

● みんなの噂によると、鮫島さんは仕事が終わって夜、オカマ・バーでアルバイトしているらしいけど、本当かしら。

／ 據大家的謠傳，鮫島先生晚上在人妖酒吧打工，是真的嗎？

☆『名詞＋らしい』で、『〜にふさわしい』という用法がある

● 彼女はいつも女らしい言葉づかいをする。

／ 她用字遣詞十足的女人味。

● 彼は話すことがおじん臭くて、全然若者らしくない。

／ 他說話很老成，一點都不像年輕人。

● 今日は秋らしく、すがすがしい天気だ。

／ 今日的天氣如秋天般的涼爽舒服。

『ようです』

句型　動詞・普通形／い形・い／な形・な／名詞・の＋ようです。

☆ 話し手自身が直接に見たり聞いたりした事或いは経験に基づく主観的な印象或いは推測を表す。自分の考えがかなり入っている。その他に、比喩表現がある。

◆ 表示說話者憑自己直接看到、聽到或經驗的事情來判斷或推測。說話者的主觀意識強。另外有比喻表現。

☆ 主観的な印象或いは推測を表す

● 彼は最近少し太ったようだ。

／ 他最近好像胖了點。

● 家へ電話したら、知らない人が出てきた。どうも番号を押し間違えたようだ。

／ 打電話回家，卻聽到陌生的聲音。我好像打錯號碼。

● 朝起きたら、喉が痛かった。風邪をひいたようだ。

／ 早上起床就覺得喉嚨痛，可能感冒了。

● 昨日より今日のほうが暑いようだ。

／ 我覺得今天比昨天還熱。

☆ 比喩表現

● 汗が滝のように流れる。

／ 汗如雨下。

● 馬面っていうのは、馬のように長い顔をしている人のことです。

／ 『馬臉』就是指像馬那樣臉長的人。

『みたいです』

| 句型 | 動詞・普通形／い形・い／な形、名詞・語幹＋みたいです。 |

☆ 基本的には『～ようです』と同じ用法だが、砕けた日常会話でよく使われる。多用すると女性的な感じがする。

◆ 基本上跟「ようです」一樣。口語會話裏常用。女性多用。

● 今日はポカポカして、なんか春みたいね。

／ 今天像春天般地溫暖。

● 今、玄関で音がしなかった？ 誰か来たみたいだよ。

／ 玄關那兒沒有聲音？好像有人來了！

● 鮫島君みたいに毎日遅刻してたら、給料減らされるのは当たり前よね。

／ 像鮫島先生那樣每天上班都遲到，被公司減薪是理所當然的。

● 借金して家を買って、一生ローンに苦しむ。なんか馬鹿みたい！私は借家で充分だわ。

／ 為了買房子而借錢終其勞苦一生，我覺得不划算。還不如租房子就好了。

『そうです』

☆ 話し手が直接見たり聞いたりして思った事を直感的に判断する場合に使う。

☆ ある事態が発生する直前の状態を表す。

☆ ある事態が起きる可能性が大きいことを表す。

◆ 說話者憑直覺判斷或推測而馬上說出來的時候使用。

◆ 表示眼前即將發生的狀態。

◆ 表示某種事情發生的可能性極高的意思。

☆ **話し手が直接見たり聞いたりして思った事を直感的に判断する場合**

● そのケーキ、甘そうですね。

／ 這個蛋糕好像很好吃的樣子。

● この辺、夜は静かそうでいいですね。

／ 這邊晚上看起來很安靜的樣子，我覺得不錯。

● 忙しそうですね。手伝いましょうか。

／ 好像很忙的樣子。需要幫忙嗎？

☆ ある事態が発生する直前の状態を表す

● 空が急に暗くなりましたね。雨が降りそうです。

　/ 天空驟然變暗了。大概要下雨了吧！

● 二日酔いで今にも倒れそうです。

　/ 因為宿醉腳步都快站不穩。

● 水槽の金魚が死にそうですよ。

　/ 水缸裡的金魚好像快要死掉的樣子。

☆ ある事態が起きる可能性が大きいことを表す

● 彼はかなりお酒を飲みそうだ。

　/ 他酒量好像很好。

● 8時の電車には間に合わないけど、次の電車には間に合いそうだ。

　/ 趕不上八點的電車，但是下一班電車應該趕得上。

● 彼は旧家のぼんぼんだから、かなり財産がありそうだ。

　/ 因為他是個世家的少爺，所以應該有很多財產。

（注）外見からすぐ判断できるときには使えない。但し、比較の意味を含む時は使える。

從外觀上容易看出來的時候不能使用。但是含有『比較』的意思的話可用。

● わあ、この花、きれいそうね。（×）

● 田中さん、気分でも悪いんですか。顔が青そうですよ。（×）

● それより、こっちの方が白そうよ。（○比較）

	そう	らしい	よう	みたい	そう
接続	動詞・普通形 い形・い な形・だ 名詞・だ	動詞・普通形 い形・い な形 名詞	動詞・普通形 い形・い な形・な 名詞・の	動詞・普通形 い形・い な形 名詞	動詞・ます形 い形・い な形 名詞
	←客観性大　　　　　　　　　　　　　主観性大→				←直感性→
伝聞用法に使えるか	○ 天気予報による と、明日雨が降 るそうです。	○ 天気予報による と、明日雨が降 るらしいです。	△ 天気予報による と、明日雨が降 るようです。	△ 天気予報による と、明日雨が降 るみたいです。	× 天気予報による と、明日雨が降 りそうです。
自分の事に言えるか	× 私は風邪を引い たそうだ。	△ 私は風邪を引い たらしい。	○ 私は風邪を引い たようだ。	○ 私は風邪を引い たみたいだ。	○ 私は風邪を引き そうだ。

【練習問題14】 『そう』『らしい』『よう』『みたい』

① 課長が離婚するって話し、単なる噂（そうだ・らしい）。

② テレビが付いているから、部屋に誰かいる（そう・よう）だ。

③ 彼には、以前どこかで会ったことがある（そう・らしい・よう）だ。

④ もうそろそろ時間の（そう・らしい・よう・みたい）だから、今日はこれで終わりましょう。

⑤ 仕事もないのに、残業するなんて、馬鹿（なそうだ・らしい・そうだ）。

⑥ 私の観察によると、中国人はあまり生物を食べない（そう・らしい・よう）です。

⑦ 農協新聞によると、今年は稲が豊作（だそうだ・のようだ）。

⑧ 空が急に暗くなりましたね。雨が（降りそうですね・降るそうですね・降るらしいですね）。

⑨ その荷物、（重そう・重いらしい・重いよう）ね。持ってあげようか。

⑩ 朝起きたら、喉が痛かった。どうも風邪を引いた（そうだ・ようだ）。

⑪ 今日は二日酔いで、頭が痛い。今にも（倒れそうだ・倒れるようだ）。

⑫ さっき、田中さんに会ったんですけど、とても機嫌が（よさそう・よいそう・よいらしい）でしたよ。

⑬ 1億円の宝くじが当たるなんて、信じられないわ！まるで夢（のようだ・らしい・みたい）！

⑭ A：このシチュー、私が作ったの。どうぞ、召し上がって。

　　B：わぁ！（おいしそう・おいしいそう・おいしいよう）ですね。いただきます。

⑮ 道を歩いている人が傘をさしていないので、どうやら雨が止んだ（そうだ・らしい）。

⑯ 学生は学生（らしい・のような・みたいな）服装をしなさい。

⑰ もう10月なのに、まだ夏（だそうに・らしく・のように）暑い。

⑱ 鮫島君！女（らしく・のように・みたいに）内股で歩かないでちょうだい！

⑲ 最近の女性は、女（らしさ・のようさ・みたさ）に欠けている。

⑳ 鯨岡課長（そうな・らしい・のような）頼り甲斐のある人と結婚したいです。

『たいへん』

☆ 程度が甚だしいことを表す。副詞として動詞及び形容詞を修飾する時は肯定の平叙文にしか使われず、否定・依頼・命令・勧誘・忠告・質問などのような話者の主観性の強い文では使いにくい。少しかしこまった表現である。な形容詞及び単独で使う時は、話し手の対象の程度の甚だしさに対する『驚き』『同情』『意外性』等を表す。

◆ 表示事物的程度高。句子裡當作為『副詞』而修飾『形容詞』或『動詞』的時候，該句子只能陳述單純事實。所以『否定』『依賴』『命令』『勧誘』『忠告』『疑問』等表示說話者的主觀性強的句子不大合適。表現方法有點硬。句子裡當作為『な形容詞』或『單獨』使用的時候，表示說話者對對象的『驚訝』『同情』『意外性』等。

● 日本語の文法はたいへん難しい。

　/ 日文文法非常的難。

● 先日はたいへんお世話になりました。

　/ 前幾天受到你很多的照顧。

● 毎日大変ですね。

　/ 每天辛苦了。

● たいへんだ！

　/ 糟糕了！

73

この荷物、たいへん重いね！ 持ってあげるよ。 （×主観性）

彼は日本語がたいへんできない。 （×否定文）

『とても』

☆ 程度が甚だしいことを表し、基本的には形容詞しか修飾しない。稀に副詞を修飾したり、『とても＋可能動詞・否定形』の形で使われる。また会話文でよく使い、多用すると女性的な感じがする。

（例：とっても）

◆ 表示事物的程度高。基本上句子裡當作為副詞而修飾形容詞，但是有時候修飾副詞或者『とても＋可能動詞否定形』的句型來使用。常用在口語會話裏，但多用的話聽起來有女性的感覺。

● 彼の家はとても大きい。

／ 他家很大。

● 彼はとても背が高い。

／ 他個子很高。

● この服、とても素敵ね。

／ 這件衣服真漂亮啊！

● 彼は日本語がとてもよくできます。（修飾副詞）

／ 他日語說得很好。

注 『とても＋可能動詞・否定形』　無法～，難以～

● こんなにたくさんの宿題、明日までにはとてもできない。

／ 這麼多的作業，到明天也做不完。

● 彼があんな事をするなんてとても考えられない。

　／ 想不到他竟然會做出那種事。

『たくさん』

☆ 数量が多い事を表す。副詞として動詞を修飾したり、名詞として後続の名詞を修飾したり、単独で使われたりする。

◆ 表示數量多之意。句子裡當作副詞修飾動詞或者當作名詞修飾後面名詞。也可以單獨使用。

● 私は本をたくさん持っています。

　／ 我有很多書。

● たくさん食べてください。

　／ 多吃一點。

● その話はもうたくさんです。

　／ 那句話已經聽膩了。

● 遊園地はたくさんの子供たちでいっぱいです。

　／ 遊樂園有很多孩子們。

『よく』

☆ 頻度が多い事或いは程度が高い事を表す。また、物事の評価を表すことができる。動詞しか修飾せず、単独でも使われない。

◆ 可以表示『頻率』和『程度』高。也可以表示事情的『品價』。只有修飾動詞，不能單獨使用。中文的意思是『好好地～』『認真地～』『常常～』。

● 最近、彼はよく遅刻する。

　/ 他最近常常遲到。

● 彼はよく勉強する。

　/ 他很認真學習。

● 先生の話をよく聞いてください。

　/ 好好地聽老師的話。

● 私はよく映画を見ます。

　/ 我常看電影。

● 雨の中、よくいらっしゃいました。

　/ 謝謝你冒著雨特地趕來。

● 人前でよくそんな事が言えるな。

　/ 你在衆人面前竟敢說這種話？

【練習問題15】『たいへん』『とても』『たくさん』『よく』

① （たいへん・とても・たくさん・よく）お待たせしました。

② 日曜日、デパートには人が（たいへん・とても・たくさん・よく）いて、嫌いです。

③ （たいへん・とても・たくさん・よく）噛んで、食べてください。

④ 先生の言っている意味が（たいへん・とても・たくさん・よく）わかりません。

⑤ 先日は、（たいへん・とても・たくさん・よく）お世話になりました。

⑥ 小さい頃、（たいへん・とても・たくさん・よく）あの山に登りました。

⑦ 遠慮しないで、（たいへん・とても・たくさん・よく）食べてください。

⑧ そんな事したら（たいへん・とても・たくさん・よく）です。

⑨ そんな事は私には（たいへん・とても・たくさん・よく）できません。

⑩ あなたの自慢話はもう（たいへん・とても・たくさん・よく）です。

⑪ 都会の一人暮らしは（たいへん・とても・たくさん・よく）でしょう。

⑫ こんな重い荷物、（たいへん・とても・たくさん・よく）一人では持てません。

⑬ （たいへん・とても・たくさん・よく）考えてから、返事をします。

⑭ あなたの作文、（とても・たくさん・よく）よく書けていますよ。

⑮ お前が女にもてる？（たいへん・とても・たくさん・よく）言うよ。

⑯ （たいへん・とても・たくさん・よく）の観客が一斉に立ち上がって、日の丸を振っている。

⑰ 飛行機に乗り遅れると（たいへん・とても・たくさん・よく）だから、タクシーで行きましょう。

⑱ （たいへん・とても・たくさん・よく）じゃないけど、あなたの要求には答えられません。

⑲ 私は暇な時は（たいへん・とても・たくさん・よく）プールへ泳ぎに行きます。

⑳ そんなに（たいへん・とても・たくさん・よく）の荷物、いったいどこへ行くの。

第16課 『たのしい』『うれしい』

『たのしい』

☆ 何かをしている時に感じる、その場面や雰囲気を含めた、話し手が客観的に判断した心の状態。

◆ 說話者在做某些事情（包括當時的場面或氣氛）的時候，所做的客觀判斷的心理狀態。中文的意思是『過得快樂、開心、愉快』。

● 一年間のホームステイは、とても楽しかった。

　/ 一年來的寄宿家庭生活過得很愉快。

● 趣味を持つと、人生が楽しくなる。

　/ 擁有某種嗜好的話，人生就變得快樂。

● 楽しかった学生時代を懐かしむ。

　/ 懷念快樂的學生時代。

『うれしい』

☆ 外からの刺激や影響を受けて、すぐその場で感じる一時的かつ個人的な心理状態を表す。

◆ 受到外面的刺激或影響，而在當場馬上感受到的既暫時又個人性的心理狀態。中文的意思是『覺得高興』。

● 彼氏にプロポーズされて、うれしかった。

／ 他向我求婚，我很高興。

● 遠<ruby>とお</ruby>くからわざわざお見<ruby>み</ruby>舞<ruby>ま</ruby>いに来てくれて、とてもうれしい。

／ 很高興你專程遠道來探望我。

● 田<ruby>た</ruby>中<ruby>なか</ruby>さん、うれしそうですね。何<ruby>なに</ruby>かいいことでもあったんですか。

／ 田中先生，你好像很高興的樣子。有甚麼好事情嗎？

【練習問題16】 『たのしい』『うれしい』

① 今年<ruby>ことし</ruby>の社員旅行<ruby>しゃいんりょこう</ruby>はとても（たのしかった・うれしかった）。

② 下手<ruby>へた</ruby>なお世辞<ruby>せじ</ruby>を言<ruby>い</ruby>われても、少しも（たのしくない・うれしくない）。

③ 学生時代<ruby>がくせいじだい</ruby>の（たのしい・うれしい）思<ruby>おも</ruby>い出<ruby>で</ruby>に耽<ruby>ふ</ruby>ける。

④ こんな立派<ruby>りっぱ</ruby>な賞<ruby>しょう</ruby>をいただいて、（たのしい・うれしい）です。

⑤ 要<ruby>い</ruby>らない物<ruby>もの</ruby>をもらっても、ちっとも（たのしくない・うれしくない）。

⑥ 昨日<ruby>きのう</ruby>のパーティー、とても（たのしかった・うれしかった）。

⑦ 鮫島<ruby>さめじま</ruby>くん、今日<ruby>きょう</ruby>は（たのしく・うれしく）飲<ruby>の</ruby>もうじゃないか。

⑧ 鮫島<ruby>さめじま</ruby>：淑子<ruby>よしこ</ruby>さん、誕生日<ruby>たんじょうび</ruby>おめでとう。これ、プレゼントです、どうぞ。

淑子<ruby>よしこ</ruby>：わあ、（たのしい・うれしい）！鮫島君<ruby>さめじまくん</ruby>、どうも、ありがとう。

⑨ 第一志望<ruby>だいいちしぼう</ruby>の大学<ruby>だいがく</ruby>に合格<ruby>ごうかく</ruby>できて、（たのしい・うれしい）です。

⑩ なくした財布<ruby>さいふ</ruby>が戻<ruby>もど</ruby>って来<ruby>き</ruby>て、（たのしかった・うれしかった）。

⑪ 君<ruby>きみ</ruby>もなかなか（たのしい・うれしい）こと言<ruby>い</ruby>ってくれるじゃないか。

⑫ 貧<ruby>まず</ruby>しくても、明<ruby>あか</ruby>るく（たのしい・うれしい）我<ruby>わ</ruby>が家<ruby>や</ruby>。

⑬ あなたと知<ruby>し</ruby>り合<ruby>あ</ruby>えて、（たのしい・うれしい）です。

⑭ 鯨岡先生<ruby>くじらおかせんせい</ruby>は、いつも面白<ruby>おもしろ</ruby>くて（たのしい・うれしい）授業<ruby>じゅぎょう</ruby>をするので、学生<ruby>がくせい</ruby>に人気<ruby>にんき</ruby>がある。

⑮ 最近、仕事をするのが（たのしく・うれしく）なってきた。

⑯ 自分の好きなことをして、余暇を（たのしく・うれしく）過ごそう。

⑰ 千客万来、思わず（たのしい・うれしい）悲鳴をあげる。

⑱ 一年間の留学生活は、とても（たのしかった・うれしかった）。

⑲ 志望の大学に合格できた（たのしさ・うれしさ）のあまり、思わず万歳して

しまった。

⑳ 鮫島さん、何かいいことでもあったの？そんな（たのしそう・うれしそう）

な顔をして。

第17課　『たぶん』『だいたい』『たしか』

『たぶん』

☆ 話し手の『判断』『推量』を表す。「過去の回想」や「話し手の願望」にはあまり適さない。

◆ 表示說話者的『判斷』『推測』。不太適合用在回想『過去發生的事情』『說話者的願望』。

● 明日は、たぶん雨が降るでしょう。

/ 明天大概會下雨吧！

● 彼はたぶん明日のパーティーに来ないと思います。

/ 我想他不會參加明天的派對。

● これは、たぶん田中さんのでしょう。

/ 這個可能是田中先生的吧！

注 この本はたぶん780円でした。　　　　　（×過去の回想）

私はたぶん来年、日本へ留学したいです。　（×話し手の願望）

『だいたい』

● 休日は、だいたい家でゆっくり休みます。

/ 休假日大概都是在家裡好好地休息。

● 日常会話は、だいたいわかります。

/ 日常會話大概聽得懂。

● 昨日の会議に出席したのは、だいたい40人位でした。

/ 參加昨天會議的人，大概有四十名左右。

● だいたい、こんな遅く電話を掛けて来るのがおかしいんだよ。

/ 總之，這麼晚打電話過來是沒有禮貌的。

● 『青春』って、だいたいそんなもんだよ。暗くてドロドロしててさ。

/ 『青春』就是這樣啊！既苦悶又邋遢。

『たしか』

☆ 過去に見たり聞いたりした情報や自分の記憶をもう一度思い出して、正確ではないが、概ねそうであろうという「過去の回想」を表す。「将来の推量」にはあまり使えない。

◆ 把過去所見到或聽到的經驗或自己的知識再一次回想起來，這個記憶雖然不是正確的記憶，但是大概是這樣之意。中文的意思是「記得～」「好像～」。不能用在「將來的推測」的句子裏。

● オーストラリアの首都は、たしかキャンベラだったと思います。

　/ 澳大利亞的首都，我記得應該是坎培拉。

● 今日はたしか農暦の12月15日だったと思います。

　/ 我記得今天應該是農暦12月15日。

● 彼はたしか大型自動車免許を持っていたはずです。

　/ 我記得他應該有大型卡車的駕照。

● あなたには、たしかどこかで会った事があるような気がします。

　/ 我覺得好像在哪裡見過你。

㊟ 明日、たしか雨が降るでしょう。（×将来の推量）

　/ 明天大概會下雨吧！

【練習問題17】 『たぶん』『だいたい』『たしか』

① 昔、この辺には（たぶん・だいたい・たしか）工場があったと思います。

② この調子だと、（たぶん・だいたい・たしか）定刻までに、会議は終りそうにない。

85

③ 詳しくなくてもいいです。（たぶん・だいたい・たしか）の概略でいいですから、説明してください。

④ 彼を説得しても、（たぶん・だいたい・たしか）同意しないでしょう。

⑤ （たぶん・だいたい・たしか）今日は課長の誕生日だったはずです。

⑥ 私が述べたい事は（たぶん・だいたい・たしか）以上です。何かご質問はございませんか。

⑦ あなたのご出身は（たぶん・だいたい・たしか）兵庫県だったと思いますが、そうでしたよね。

⑧ 明日の会議の資料は（たぶん・だいたい・たしか）揃いました。後は、コピーするだけです。

⑨ 夕食時に訪ねてくるのが、（たぶん・だいたい・たしか）常識知らずなんだ。

⑩ 日本の都道府県は（たぶん・だいたい・たしか）全部で47でしたよね。

⑪ 私は（たぶん・だいたい・たしか）30歳ぐらいで結婚したいです。

⑫ 今から出発しても、飛行機には（たぶん・だいたい・たしか）間に合わない。

⑬ 玄関で音がしましたね。（たぶん・だいたい・たしか）息子が帰って来たんでしょう。

⑭ 休日は、（たぶん・だいたい・たしか）家でごろごろしています。

⑮ アポも取らずに訪ねて行くのが、（たぶん・だいたい・たしか）間違っているんだ。

⑯ （たぶん・だいたい・たしか）彼は学生時代、日本文学専攻だったと思うけど……。

⑰ 会議の書類、（たぶん・だいたい・たしか）ここに置いたはずなんですけど……。

⑱ この時間になっても来ないなら、（たぶん・だいたい・たしか）来ないでしょう。

⑲ 私は一ヶ月に（たぶん・だいたい・たしか）平均4回ぐらい映画を見ます。

⑳ 客　　：すみません。田中課長、いらっしゃいますか。

　　受付：あのう、生憎、田中は今外出中でございますが。

　　客　　：そうですか。（たぶん・だいたい・たしか）何時頃、お戻りになりますか。

　　受付：（たぶん・だいたい・たしか）出かける時、3時には戻ると申しておりましたので、（たぶん・だいたい・たしか）そろそろ帰って来るはずです。

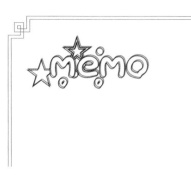

第18課 『ために』『のに』『ように』『から』『ので』

◎『目的』表現

『のに』

句型	辞書形＋のに、〜

（≒時に／場合に）

☆ 目的意識が弱く、後文には状態動詞や形容詞が多く付く。物の用途や
方法、手段、評価、時間や費用の必要性などを表す時に多く使われ
る。（かかります・足ります・便利です…）。

◆ 目的意識比較弱，後接文句大多表示狀態動詞或形容詞。常用來說明方
法、用途、評價、需要性、所需經費與時間等等。

● はさみは紙を切るのに使います。

／ 剪刀是用來剪紙的。

● ここは買い物するのに、とても便利です。

／ 這裡買東西很方便。

● アメリカへ一年留学するのに、100万円では足りません。

／ 要到美國留學一年，一百萬日幣是不夠的。

『ように』

☆ 前文の具体的用件や努力目標を実現達成するために、後文の動作を行う。前文の動詞は無意志動詞、後文は意志動詞が来る。但し前後文の主語が違えば、両方意志動詞でもよい。自分や相手に注意を喚起する文によく使う。

◆ 為了實現前句子的內容或努力目標而做後句的動作。前句的動詞是無意志動詞，後句的動詞是意志動詞。但是前後句的主語不一樣的話可以用意志動詞。多用在提醒自己或對方的句子裡。

● 忘れないように、ノートにメモしましょう。

/ 做筆記吧，免得忘記。

● みんなに聞こえるように、大きい声で言ってください。

/ 請大聲說出來，以便大家都聽得到。

● 風邪をひかないように、注意してください。

/ 請多保重，以免著涼。

● 学生が真面目に勉強するように、教材を工夫する。

/ 為了要讓學生認真學習，教材就得花心思編寫。

句型 | 辞書形／名詞・の＋ために、～

☆ 『のに』と違い、目的達成意識が強く、前文には意志動詞が来る。前文、後文の主語は必ず同一主語である。

◆ 跟『のに』比起來，目的意識比較強，前句動詞是意志動詞。前後句的主語一定是同一個主語。

● 家を買うために、一生懸命貯金しています。

／ 為了買房子，現在我拼命存錢。

● 彼は目的を遂げるためには、手段を選びません。

／ 他為了達到目的，不擇手段。

● 世界の平和のために、努力しなければなりません。

／ 為了世界和平，我們必須努力。

● 万一の時のために、保険に加入しておきましょう。

／ 為了預防萬一，請先買平安保險吧！

◎ 『原因』表現

『ので』

句型 | 普通形＋ので、～

（名詞／な形・だ → な）

☆ 客観的な事実を述べるので、『から』のように話し手の主観的な理由を強く主張する文には使わず、相手に丁寧にお願いしたり、断ったりする時によく使われる。従って、親しい友人や家族にはあまり使わない。

◆ 因為陳述客觀事實，所以不能用在強調主觀理由的句子裡，多用在表示『請求』『委託』『謝絕』等的句子裡。因此對象是朋友、家人等的熟人的時候不大合適。

● 今日の午後、用事があるので、早く帰ってもいいですか。

/ 因為今天下午有事，可以早點回去嗎？

● よくわからないので、もう一度説明してください。

/ 我不太懂您的意思。可不可以請您再說明一次。

● 今、現金がないので、カードで支払ってもいいですか。

/ 我沒有帶現金，可不可以刷卡呢？

『から』

句型 句子＋から、〜

☆ 話し手の主観的な理由を強く主張するため、『ので』と違い、意志の
　強い判断や要求や命令を表す文に適している。

◆　因為強調主觀的理由，所以跟『ので』不一樣，表示『判斷』『要求』
　　『命令』等的句子比較合適。

● うるさいから、静かにしてくれよ！

　/ 太吵啦！安靜一點好不好？

● あなたがあんな事言うから、彼、怒っちゃったのよ。

　/ 你說那種事，他當然會生氣了。

● もう時間がないから、タクシーで行こう！

　/ 已經沒時間了，搭計程車去吧！

『ため（に）』

動詞・普通形／い形・い／な形・な／名詞・の＋ために、〜

☆ 文の内容は多く悪い意味を表す。『ために』が原因を表す時は、『ために』の前には、意志動詞、状態動詞、形容詞、名詞など、いろいろな語句が付くことができる。

◆ 句子的內容都表示貶意。『ために』表示原因的時候，後面可以接意志動詞、狀態動詞、形容詞、名詞等等。

● お正月のため、今日株式市場は休みです。

　／ 因為過年的關係，今天股票市場停止交易。

● その事を知らなかったために、恥をかいてしまった。

　／ 我不知道有這件事，真丟臉。

● 今、インフルエンザが流行しているため、しばらく休校になります。

　／ 因為流行性感冒正在流行，所以暫時停課。

◎『逆説』表現

『のに』

句型 | 普通形 ＋ のに、～

（名詞／な形・だ → な）

☆ 後文には、前文から推測され難い意外性や予想外の内容が付く。話し手の主観的感情『残念』『不満』『驚き』『意外性』を表す時によく使われる。

◆ 後文内容表示前文的預料外結果。多用在表示說話者的感情色彩（遺憾、不滿意、驚訝、意外性等）的句子裡。

● 明日は日曜日なのに、働かなければなりません。

／ 明天雖然是禮拜天，但還是要工作。

● ３年も勉強しているのに、まだ上手に話せません。

／ 已經學了三年的日文，還是說不順口。

● 彼は若いのに、しっかりしています。

／ 他雖然很年輕，但是很靠得住。

【練習問題18】『ために』『のに』『から』『ように』『ので』

① クレジットカードは買い物する（ ために・のに・から・ように・ので ）、とても便利です。

② 私は自分の夢を実現させる（ ために・のに・から・ように・ので ）、一生懸

命がんばります。

③ この洗濯機、先月買ったばかり（のために・なのに・だから・のように・なので）もう壊れてしまいました。

④ すみません、ちょっと気分が悪い（ために・のに・から・ように・ので）、早退してもいいでしょうか。

⑤ 台風の（ために・のに・から・ように・ので）、飛行機が欠航になった。

⑥ 毎日会社へ通う（ために・のに・ように）、バスが一番便利です。

⑦ 甘くなる（ために・のに・ように）、もう少し砂糖を入れてください。

⑧ 彼女は美人で頭もいい（ために・のに・から・ように・ので）、男性にもてません。

⑨ 会社の（ために・から・ように・ので）、自分の人生を犠牲にしたくない。

⑩ 明日、旅行に行く（ために・のに・ように）、まだ何も準備していません。

⑪ せっかく来たんです（から・ので）、もっとゆっくりしてください。

⑫ 「4時に約束した（ために・から・ので・のに）、どうして来なかったんだよ」

「ええ？ 私、来たわよ。あなたが来なかった（ために・から・ので）、先に帰っちゃったのよ。」

⑬ 五十音を覚える（ために・ように・のに）、どのぐらいかかりますか。

⑭ お前、そんな事する（ために・から・ので）、みんなに嫌われるんだよ。

⑮ 転ばない（ために・から・ように・ので）、足元に気をつけてください。

⑯ 念の（ために・のに・から・ように・ので）、もう一度言っておきます。

⑰ 知っている（ために・のに・から・ので）、教えてくれないんですか。

⑱ あいつは不良（なのに・だから・のように・なので）、付き合うなよ。

⑲ 我が社はこの経営危機を乗り切る（ために・から・ように・ので）、今年中に1000人の人員削減を行います。

⑳ あのう、申し訳ないんですが、今晩ちょっと用事がある（のに・から・ので）、残業できないんです…。

第19課	『～たり～たり』『～とか～とか』『～なり～なり』 『～やら～やら』『～であれ～であれ』 『～といい～といい』

『～たり～たり』

句型
> 普通形・過去式＋り、普通形・過去式＋り 、～

☆ 動作の列挙を表す。

☆ 二つの対立する語を並べて、動作が繰り返し行われることを表す。また、同じ性質の動作動詞を並べて、その動作の程度が甚だしいことを表す。

◆ 表示東西或動作的舉例。列舉同樣性質事物或動作作為例子來說明。

（～啦～啦）排列兩個相對的動作性動詞表示一樣動作反覆做之意。或者排列兩個同一性質的動作性動詞表示該動作的程度很高之意。

☆ 動作の列挙を表す

● 暇な時は、家で小説を読んだり、音楽を聞いたりしています。

/ 我有空的時候總是在家裡看看書聽聽音樂。

● 私の仕事は、お客さんにファクスを送ったり、資料を整理したりすることです。

/ 我的工作是傳真給客人以及整理資料。

● 家庭の主婦は、掃除したり、食事を作ったり、子供の世話をしたりと毎日忙しい。

/ 家庭主婦每天都忙著打掃房間啦煮飯啦照顧孩子啦。

☆ 動作が繰り返し行われることを表す

● この女は泣いたり、笑ったり、一体何を考えているのか男には理解でき

ない。

/ 女生一會兒哭一會兒笑，男生都猜不透她到底在想什麼。

● 株価は上がったり下がったりで、安定しない。

/ 股票漲漲跌跌，實在不穩定。

● 彼は、さっきから立ったり座ったり、ちっとも落ち着きがない。

/ 他從剛才就一會兒站著一會兒坐著，顯得坐立不安。

参考：入れたり出したり（放放進進）　　寝たり起きたり（睡睡醒醒）

止めたり続けたり（斷斷續續）　　飛んだり跳ねたり（蹦蹦跳跳）

踏んだり蹴ったり（欺人太甚）　　開けたり閉めたり（開開關關）

『～とか～とか』

句型　動詞・辞書形／名詞＋とか、動詞・辞書形／名詞＋とか、～

☆ 動作や人、物の列挙を表す。

◆ 表示東西或動作的舉例。列舉同樣性質事物或動作作為例子來說明。

（～啦～啦）

☆ 二つの対立する引用語や文を並べて、態度がはっきりしない事を表す。

◆ 排列兩個相對句子或單字用來表示別人的態度不太清楚，猶豫不決之意。

☆ 動作や人、物の列挙を表す

● 机の上に本とかかばんとかが置いてある。

　/ 桌上有書啦皮包啦。

● 私はヨーロッパ、例えばイギリスとかドイツとかフランスとかに行って

　みたいです。

　/ 我想到英國、德國、法國等歐洲國家去看看。

● わからなかったら、辞書を調べるとか、先生に聞くとかするべきだ。

　/ 如果不懂的話，應該查辭典或是問老師。

● 飛行機の出発時間までまだたくさん時間があるから、買い物するとか、
　食事をするとかして、時間を潰そう。

　/ 離飛機起飛還有不少時間。去買些東西或去吃點什麼的來打發打發時間。

☆ 二つの対立する引用語や文を並べて、態度がはっきりしない事を表す

● 彼女は行くとか行かないとか言って、いつまでも迷っている。

　/ 她一會兒要去一會兒又不要去，總是猶豫不決。

● 彼は昨日、大学を辞めたいとか辞めたくないとか言って、私に電話を掛
　けて来た。

　/ 昨天她給我電話，一會兒說想休學一會兒又說不想休學的。

● 子供と買い物に行くと、これが欲しいとか、あれが欲しいとか、なかな

101

か決められない。

/ 帶小孩子去買東西，他又想要這個又想要那個，總是不能決定。

『～なり～なり』

動詞・辞書形／名詞＋なり、動詞・辞書形／名詞＋なり、～

☆ 同類の事柄を列挙して、後文に話し手の判断や忠告や要求を表す内容が多く付く。

◆ 舉例同樣性質的事情，後文句表示說話者的堅定的判斷或向對方的忠告、要求、命令等等。

● 授業中にわからなかったら、先生に質問するなり、友達に聞くなりするべきです。

/ 上課時有問題的話，應該問老師或是問同學才對。

● ひどい火傷をした時は、すぐ病院に行くなり、救急車を呼ぶなりしないと、たいへんなことになりますよ。

/ 嚴重燙傷的話，一定要馬上去醫院或是叫救護車，要不然的話麻煩就大了。

● 日程を変更するなら、手紙なりファクスなり送って、とにかく早く知らせた方がいいですよ。

/ 想要變更安排的話，應該趕快寫信或傳真聯絡對方。

● こんな大事なことは自分一人で決めないで、親なり先生なりに相談して、決めるべきです。

／ 這麼重要的事情不要一個人獨自決定，應該先和父母親或老師商量之後

再作決定。

『～やら～やら』

句型

動詞、い形・普通形／名詞＋やら、動詞、い形・普通形／名詞＋やら、～

☆ 数量が多いことを表す。

☆ いくつかの事柄を列挙して、後文で『いろいろ大変だ』という意味を
表す。

☆ 『～のやら～のやら』で、話し手が対象の状態や態度をはっきり把握で
きない意味を表す。

◆ 表示數量很多之意。

◆ 舉例某些事情，後文句表示『辛苦』之意。

◆ 表示說話者不大了解對方的想法、打算之意。

☆ 数量が多いことを表す

● 机の上は、雑誌やら辞書やらたくさんの本で、とても散らかっている。

／ 桌上有好多的書啦辭典啦，零亂不堪。

● 休日の動物園は、家族連れやら若いカップルやらで、にぎわっている

／ 假日的動物園裡，遊客們或全家福啦或年輕情侶啦，很是熱鬧。

● 公園は赤やら青やら、色取り取りの花が咲き乱れている。

／ 公園裡盛開著紅的藍的等等五顏六色的花。

☆ いくつかの事柄を列挙して、後文で『いろいろ大変だ』という意味を表す

● 月曜日は、朝から会議やら午後から資料の整理やらで、とても忙しい。

 ／ 禮拜一早上要開會，下午又要整理資料，忙死了。

● 今日は、財布をなくすやら駅の階段で転ぶやらと、散々な一日だった。

 ／ 今天丟了錢包，又在車站的樓梯跌了一跤，真是倒楣的一天。

● アルバイトの子が急に休んだので、レジ係りやら皿洗いやら、人手が足りなくて、てんてこ舞いだった。

 ／ 打工的人突然請假，因為人手不夠，所以又要兼管收銀機啦又要幫忙洗碗筷啦，忙得不可開交。

☆ 『〜のやら〜のやら』で、話し手が対象の態度をはっきり把握できないことを表す

● 部屋の電気は付いているけど、ノックしても返事がない。いったい、中に人がいるのやらいないのやら、わからない。

 ／ 房間的燈開著，但是敲門卻沒人回應。不曉得到底有沒有人在。

● あの二人は付き合って、もう３年にもなるし、同棲もしている。結婚したいのやらしたくないのやら、さっぱりわからない。

 ／ 他們兩個已經交往了三年，而且還住在一起。不曉得他們到底想不想結婚。

● あの客はさっきからずっと立ち読みしているけど、買うのやら買わないのやら、迷惑な客だ。

 ／ 那位客人從剛才就一直站著看書，到底是要買還是不想買，真傷腦筋。

『～であれ～であれ』

句型	名詞＋であれ、名詞＋であれ、～

☆ ある事柄を列挙して、後文でそのいずれの場合でも結果は同じだという意味を表す。

◆ 舉例某些事情，在後文句表示每一個事情的結果反正都一樣之意。

● タクシーであれバスであれ、この渋滞では間に合わない。

　／ 像這樣大塞車，不管坐公車還是搭計程車，一定都來不及。

● 男であれ女であれ、家事は分担するべきだ。

　／ 男生也好女生也好，家事應該由兩個人分擔著做。

● 来るのであれ来ないのであれ、必ず電話で連絡してください。

　／ 不管來不來，務必打電話跟我連絡。

● 平日であれ休日であれ、彼は一年三百六十五日働いている。

　／ 不論平日或假日，他一年三百六十五天都在工作。

『～といい～といい』

句型	名詞＋といい、名詞＋といい、～

☆ ある事柄を列挙して、後文でその事柄に対しての評価を表す。

◆ 舉例某些事情，在後文句表示對於某些事情的『評價』。

● 今度の新製品はデザインといい機能性といい、申し分ない。

／ 這次的新產品，款式也好功能也好，都毫無缺點。

● 彼女は容貌といい性格といい、社内で一番人気がある。

／ 她的容貌她的性格，在公司裡總是最受歡迎。

● 今回のテストは、内容といい量といい、私にはちょうどよかったと思う。

／ 這次的考試，不論內容還是份量，對我來說還滿恰當的。

● 最近の若い者は、服装といい言葉づかいといい、まったくだらしがない。

／ 最近的年輕人，不論穿著或是用字遣詞，都毫無章法。

【練習問題19】 『たり』『とか』『なり』『やら』『であれ』 　　　　　　　　 『といい』

例 日曜日は、家で（本を読みます・音楽を聞きます）しています。

> ● 本を読んだり音楽を聞いたり

● 本を読むなり音楽を聞くなり

● 本を読むやら音楽を聞くやら

● 本を読むのであれ音楽を聞くのであれ

● 本を読むといい音楽を聞くといい

① 考えてもわからない時は、そのままにしないで（先生に聞きます・辞書をひきます）しなさい。

● 先生に聞いたり辞書をひいたり

● 先生に聞くなり辞書をひくなり

● 先生に聞くやら辞書をひくやら

● 先生に聞くのであれ辞書をひくのであれ

● 先生に聞くといい辞書をひくといい

② 彼女は（容姿・スタイル）抜群だ。

- ● 容姿だったりスタイルだったり

- ● 容姿とかスタイルとか

- ● 容姿なりスタイルなり

- ● 容姿やらスタイルやら

- ● 容姿であれスタイルであれ

- ● 容姿といいスタイルといい

③ この仕事は（鯨岡さん・鮫島さん）、誰がやっても同じだ。

- ● 鯨岡さんだったり鮫島さんだったり

- ● 鯨岡さんとか鮫島さんとか

- ● 鯨岡さんなり鮫島さんなり

- ● 鯨岡さんやら鮫島さんやら

- ● 鯨岡さんであれ鮫島さんであれ

- ● 鯨岡さんといい鮫島さんといい

④ 彼女は去年からずっと、会社を（辞めます・辞めません）言ってるけど、
一向にその気配がない。

- ● 辞めたり辞めなかったり

- ● 辞めるとか辞めないとか

- ● 辞めるなり辞めないなり

- ● 辞めるやら辞めないやら

- ● 辞めるのであれ辞めないのであれ

- ● 辞めるといい辞めないといい

⑤ 家庭の主婦は、（家事・子供の世話）で、たいへんなんですよ。

● 家事だったり子供の世話だったり

● 家事なり子供の世話なり

● 家事やら子供の世話やら

● 家事であれ子供の世話であれ

● 家事といい子供の世話といい

⑥ 人は誰でも、（大・小）欠点がある。

● 大だったり小だったり

● 大とか小とか

● 大なり小なり

● 大やら小やら

● 大であれ小であれ

● 大といい小といい

⑦ 彼は教室に入って席に着くなり、すぐ寝てしまった。いったい今日学校へ
（寝に来ます・勉強しに来ます）、さっぱりわからない。

● 寝に来たり勉強しに来たり

● 寝に来たとか勉強しに来たとか

● 寝に来たなり勉強しに来たなり

● 寝に来たのやら勉強しに来たのやら

● 寝に来たのであれ勉強しに来たのであれ

● 寝に来たといい勉強しに来たといい

⑧ カップラーメンは（コックさん・子供）、所詮誰が作っても味は同じだ。

● コックさんだったり子供だったり

● コックさんとか子供とか

● コックさんなり子供なり

● コックさんやら子供やら

● コックさんといい子供といい

● コックさんであれ子供であれ

⑨ この仕事は、（僕・君）、いずれ誰かがやらなければならない。

● 僕だったり君だったり

● 僕とか君とか

● 僕やら君やら

● 僕であれ君であれ

● 僕といい君といい

⑩ 今回の彼のスピーチコンテストでの（スピーチの内容・話し振り）、実に見事であった。

● スピーチの内容だったり話し振りだったり

● スピーチの内容なり話し振りなり

● スピーチの内容やら話し振りやら

● スピーチの内容であれ話し振りであれ

● スピーチの内容といい話し振りといい

● スピーチの内容であれ話し振りであれ

⑪ この客は一旦契約した後でも、（ああです・こうです）文句を言ってうるさい。

● ああだったりこうだったり

● ああなりこうなり

● ああやらこうやら

● ああであれこうであれ

● ああといいこうといい

⑫ 果物屋の店先には、（みかん・りんご・メロン）、いろいろな果物が並べられている。

● みかんだったりリンゴだったりメロンだったり

● みかんなりリンゴなりメロンなり

● みかんやらリンゴやらメロンやら

● みかんであれリンゴであれメロンであれ

● みかんといいリンゴといいメロンといい

⑬ 君は（言うこと・やること）、どうしてそんなにいい加減なんだ！

● 言うことだったりやることだったり

● 言うこととかやることとか

● 言うことなりやることなり

● 言うことやらやることやら

● 言うことであれやることであれ

● 言うことといいやることといい

⑭ 私の会社は、（高卒・大卒）、入社当初は初任給はみな同じです。

● 高卒だったり大卒だったり

● 高卒だとか大卒だとか

● 高卒なり大卒なり

● 高卒やら大卒やら

● 高卒であれ大卒であれ

● 高卒といい大卒といい

⑮ 前を走っている車は、さっきからウインカーを右に出しっぱなしなのに、一向に曲がろうとしない。（**右折します・しません**）、わからない。一体どっちなんだ！

- 右折したりしなかったり
- 右折するとかしないとか
- 右折するなりしないなり
- 右折するのやらしないのやら
- 右折するのであれしないのであれ
- 右折するといいしないといい

⑯ 私はスポーツ、例えば（**サッカー・野球**）の球技が好きです。

- サッカーだったり野球だったり
- サッカーとか野球とか
- サッカーなり野球なり
- サッカーやら野球やら
- サッカーであれ野球であれ
- サッカーといい野球といい

⑰ 彼女は昨日は絶対パーティーに行くなんて言ってたけど、今日になって行きたくないと言い出した。いったい（**行きます・行きません**）、ほんとうに困ったもんだ。

- 行ったり行かなかったり
- 行くとか行かないとか
- 行くなり行かないなり
- 行くのやら行かないのやら

● 行くのであれ行かないのであれ

● 行くのといい行かないのといい

⑱ さっきから家の前を変な男が、（行きます・来ます）している。

● 行ったり来たり

● 行くとか来るとか

● 行くなり来るなり

● 行くのやら来るのやら

● 行くのであれ来るのであれ

● 行くのといい来るのといい

⑲ 彼女はアジアの文化に興味があって、よく（中国・インド）に行くそうだ。

● 中国だったりインドだったり

● 中国とかインドとか

● 中国なりインドなり

● 中国であれインドであれ

● 中国といいインドといい

⑳ Ａ：健一君、明日彼女の誕生日でしょう。どこか行くの。

Ｂ：いえ、別に何も計画ないんだ。

Ａ：ええ？どうして？自分の恋人の誕生日なのに、何もしないの？（映画に誘います・プレゼントをあげます）、何かしないと、嫌われちゃうわよ。

● 映画に誘うなりプレゼントをあげるなり

● 映画に誘うやらプレゼントをあげるやら

● 映画に誘うのであれプレゼントをあげるのであれ

● 映画に誘うといいプレゼントをあげるといい

第20課 『っぽい』『やすい』『がち』『気味』

『っぽい』

句型 動詞・ます形／い形・語幹／名詞＋っぽい

☆ ある傾向や雰囲気を持っていることを表す。客観的事実や現象には使いにくい（慣用表現は大丈夫）。人の感覚的、情緒的な意味を含む文に多く使われる。

◆ 表示有這樣的傾向、帶有這樣的氣氛的意思。不適合用在陳述單純客觀事實和現象的句子。多用在含有人的感覺或感情的色彩的句子裡。

● 年のせいか、最近忘れっぽくなった。

／ 不知道是不是上了年紀的關係，最近容易健忘。

● 私の上司は怒りっぽい。

／ 我的上司動不動就生氣。

● 日本の梅雨は湿っぽくて嫌いだ。

／ 日本的梅雨期很潮濕，真討厭。

● 安っぽいお世辞を言われても、うれしくない。

／ 聽到庸俗不堪的奉承話，一點都不高興。

● 最近彼女は色っぽくなった。

／ 她最近變得較有女人味。

● この味噌汁、ちょっと水っぽいよ。

／　這個味噌湯味道有點淡。

注 { 白い服は汚れっぽい。（×）
　　白い服は汚れやすい。（○客観的事実）

『やすい』

句型　動詞・ます形 ＋ やすい

☆ 容易にある状態になる傾向や性質を持っていることを表す。客観的事実や現象に多く使われ、人の感覚的、情緒的な意味を含む文 には使いにくい。

◆ 表示容易變成某種狀態或擁有這樣的性質之意。多用在陳述單純客觀事實和現象的句子裡面。不適合用在含有人的感覺或感情色彩的句子。

● この地域は地震が発生しやすい。

　　／　這邊常常發生地震。

● 夏は食中毒にかかりやすい。

　　／　夏天容易食物中毒。

● 私は車に酔いやすい。

　　／　我容易暈車。

● このペンは書きやすい。

　　／　這支筆很好寫。

● この肉は軟らかくて、食べやすい。

／ 這塊肉很軟，所以吃起來很順口。

『がち』

動詞・ます形／名詞＋がち

☆ 人が無意識のうちに容易にある望ましくない状態になる傾向や性質を持っていることを表し、人以外に対して使われる時は、そうなる『頻度』が高いことを表す。文意は悪い意味が多い。

◆ 表示人擁有無意中往往如此的傾向或性質之意，或發生某個事情的『頻率』較高之意。句子的内容大都表示貶意。

● 私は子供の頃、病気がちでした。

／ 我小時候、常常生病。

● このミスは誰でもやりがちなミスです。

／ 這個錯誤是初學者最常犯的毛病。

● 最近このコピー機、故障しがちです。

／ 這台影印機最近常常故障。

● この時間帯は道路が込みがちですから、他の道を行きましょう。

／ 這個時段容易塞車，所以我們走別條路吧！

『気味』

句型 | 動詞・ます形／名詞 ＋ 気味

☆ ある状態に近い状態にあることを表す。『少し〜』という意味で、重点はその『程度』にある。従って程度副詞と一緒に使われることが多い。

◆ 表示離某種狀態很相近之意。中文的意思是『稍微〜』。重點在於『程度很相近』，因此常常和『程度副詞』一起使用。

● 今日は風邪気味で、少し頭が痛い。

／ 今天我稍微感冒，頭有點痛。

● 彼は試合前で、少々緊張気味だ。

／ 他比賽前有點緊張的樣子。

● 秋刀魚は少し焦げ気味のほうがおいしいですよ。

／ 秋刀魚燒得焦一點比較好吃。

● 私はどちらかというと、少し痩せ気味の女性が好きです。

／ 我比較喜歡瘦一點的女生。

注 【頻度副詞】：たくさん・よく・いつも・しょっちゅう・頻繁に・時々・たまに・あまり・全然…

【程度副詞】：たいへん・かなり・よく・だいたい・すこし・少々・ちょっと・あまり・全然…

① 夏は食べ物が腐り（っぽい・やすい・がち・気味）です。

② 私の父は怒り（っぽい・やすい・がち・気味）性格です。

③ 甘い物を食べ過ぎると、虫歯になり（っぽい・やすい・がちだ・気味だ）から、気を付けましょう。

④ 今日は少し下痢（っぽい・やすい・がち・気味）で、お腹が痛い。

⑤ 若い時は、ついつい無茶を（しっぽい・しやすい・しがち・し気味）です。

⑥ 試合はAチームのほうが少し押し（っぽい・やすい・がち・気味）です。

⑦ 先生の字は丁寧で、とても読み（っぽい・やすい・がち・気味）です。

⑧ 私は男（っぽい・やすい・がちの・気味の）男性が好きです。

⑨ こんな時に、そんな（湿っぽい・湿りやすい・湿りがちな・湿り気味の）話しはやめてくれよ。

⑩ 運が悪い時は、何でも悪い方に考え（っぽい・やすい・がち・気味）です。

⑪ やくざ（っぽい・やすい・がち・気味）男が、さっきから家の前をうろうろしている。

⑫ 君には白（っぽい・やすい・がち・気味）シャツが似合うよ。

⑬ 私は子供の頃から病気（っぽい・やすい・がち・気味）でした。

⑭ このコンピューターはキーボードが大きくて、とても使い（っぽい・やすい・がち・気味）です。

⑮ 最近、残業が多くて、ちょっと疲れ（っぽい・やすい・がち・気味）です。

⑯ 最近、ずっと曇り（っぽい・やすい・がち・気味）の天気ばかりです。

⑰ 安い物が壊れ（っぽい・やすい・がち・気味）とは限りませんよ。

⑱ これは漢字圏の学習者がやり（っぽい・やすい・がち・気味）な間違いです。

⑲ もう少し肩を開き（っぽい・やすい・がち・気味）にして立ってください。

⑳ さっきの彼の話、何か嘘（っぽい・やすい・がち・気味）と思う。

第21課 『〜てから』『〜たあとで』

『〜てから』

☆ 動作の順序に重点があり、連続性がある。

◆ 重點在於動作的順序。先發生前句的動作然後再做後句的動作。

● 毎朝、朝ご飯を食べてから、会社へ行きます。

　/ 我每天早上都吃完早餐再上班。

● 靴を脱いでから、上がってください。

　/ 請脫鞋子之後上來。

● 今日は疲れたので、家へ帰って、すぐ寝ます。

　/ 今天很累，所以回到家馬上就睡覺。

『〜たあとで』

☆ 前の動作が完了してから、次の新しい動作或いは状態が発生する。前後文は因果関係を表す文が多い。

◆ 前句的動作完了之後，再發生後句的動作或狀態。前後句文的内容表示因果關係較多。

● 地震が起きたのは、私が熟睡したあとだから、何も覚えていない。

　/ 地震是在我熟睡中發生的，所以我什麼都不記得。

● ご飯を食べたあとで、よくそんなにビールが飲めるな。

／ 剛吃飽飯，你竟然還能喝那麼多的啤酒。

● 昨日、部長が帰ったあとで、奥さんから電話がありましたよ。

　　／ 部長，昨天您回去之後，尊夫人有來過電話哦。

【練習問題21】 『てから』『たあとで』

① 日本に（来てから・来たあとで）、もうすぐ五年になります。

② お風呂に（入ってから・入ったあとで）の冷たいビール、たまりませんね。

③ よく（噛んでから・噛んだあとで）食べなさい。

④ 学校が（終わってから・終わったあとで）二時間たっても、子どもが帰って来ない。

⑤ スケジュールを（決めてから・決めたあとで）変更すると、みんなが困る。

⑥ まず、先方に電話で連絡（してから・したあとで）、訪問したほうがいい。

⑦ 一度開封（してからです・したあとです）から、この商品は返品できません。

⑧ 寒い時は、お風呂に（入ってから・入ったあとで）、体を暖めるとよい。

⑨ 風邪をひいたら、薬を（飲んでから・飲んだあとで）、早目に寝ましょう。

⑩ 切手を貼らなかったことに気づいたのは、ポストに手紙を（入れてから・入れたあと）でした。

⑪ 商品を発送（してから・したあとで）、先方からキャンセルの電話が来たんです。ですから、我が社には、何の責任もありません。

⑫ 私は入社（してから・したあとで）一度も遅刻したことがありません。

⑬ コーヒーを注文（してから・したあとで）２０分もたつのに、まだ持って来ない。

⑭ 部屋をきれいに掃除（してから・したあとで）、また子供たちに汚されてしまった。

⑮ 何度も検査（してからです・したあとです）から、不良品は絶対にありません。

⑯ 双方納得の上で契約（してから・したあとで）、突然解約すると言われても、困ります。

⑰ シートベルトを（締めてから・締めたあとで）、運転しましょう。

⑱ 質問がある人は、まず手を（挙げてから・挙げたあとで）質問してください。

⑲ これは、私が何度も確認（してから・したあとで）起きたミスです。私のミスではありません。

⑳ 結婚（してから・したあとで）五、六年目が倦怠期だそうですが、お宅は大丈夫ですか。

第22課 『と』『ば』『たら』『なら』

『と』

句型

辞書形／ない形＋と、〜

☆ 前件の「動作」或いは「状態」が起きると、その結果として後件の状態になるという意味。後件は必ず無意志文で、話し手の意志、願望、命令などを表す文は付かない。但し、「習慣的行為」は大丈夫。

◆ 發生前句的「動作」或「狀態」，就有後句的「狀態」之意。後句一定是非意志文。不能表示說話者的意志、願望、命令等。但「習慣性的行為」可接。

☆ 発見

● 部屋に入ると、暖かい暖房が効いていた。

／ 一進屋子裡就有暖和的暖氣。

● 蓋を開けると、変な臭いがした。

／ 一掀開蓋子就聞到奇怪的味道。

● 教室に入ると、先生が弁当を食べていた。

／ 一進教室就看到老師在吃飯。

☆ 習慣的行為

● 私は日本語の本を読むと、すぐ眠くなります。

／ 一開始讀日文書，我就想睡覺。

● 彼は私の家に遊びに来ると、いつも３時間は帰らない。

/ 他一來我家玩，起碼要三個小時才想回去。

● 小さい頃、私は夏になると、よく海へ泳ぎに行った。

/ 小時候，每到夏天我常去海邊游泳。

☆ 状態の変化

● 二つ目の角を右に曲がると、郵便局があります。

/ 在第二個路口右轉就有郵局。

● この辺は冬になると、流氷が見えます。

/ 這裡到了冬天就可以看到『流冰』。

● クーラーを付けると、部屋が涼しくなります。

/ 一開冷氣，整個房間就涼快起來。

『ば』

☆ 慣用句や諺に多く使われ、普遍的真理や事実を表す。後件では過去の文は使えないが、「反実仮想」ならＯＫ。前件と後件が同時に意志文になることはないが、主語が違えば両方意志文でもいい。

◆ 多用在慣用句與諺語，表示普遍真理或事實。後句不能表示過去式的句子，但「與事實相反的假想」的話，可以用。不能前句和後句同時表示說話者的意志文，但主語不一樣的話沒有這樣的限制。

☆ 慣用句、諺

● ちりも積もれば、山となる。

/ 積少成多。

● 急がば回れ。

/ 欲速則不達。

● 住めば都。

/ 住慣了就是好地方。

☆ 普遍的真理

● 歳を取れば、誰でも角が取れる。

/ 上了年紀，誰都會變得圓融。

● 勉強すればするほど、上手になります。

/ 越學越進步。

● 時間が経てば、悲しい事も忘れます。

/ 隨著時間的流逝，傷心的事也會淡忘掉。

☆ 反実仮想 （〜ば〜のに）

● 学生時代、もっと勉強しておけばよかった。

/ 學生時代我應該更認真學習。

● 時間があればできたのに、時間が足りなかったので、できなかった。

/ 如果時間夠多的話我應該會做的，可惜沒有時間所以沒做出來。

● 田中さん、パーティーに来ればよかったのに、どうして来なかったの。

/ 田中先生，要是你來參加派對就好了，怎麼沒有來呢？

☆ 前件と後件が同時に意志文になることはないが、主語が違えば両方意志文でもいい。

● （私は）日本へ行けば、（私は）富士山を見たいです。（×同一主語）

● （あなたが）行けば、（私は）行きません。（○主語が違う）

※ 但し、従属節にある時は同一主語でもいい。

● あなたは日本へ行けば、きっと富士山へ行くと思います。

『たら』

句
型　普通形・過去式＋ら、～

☆ 前件、後件とも、制限が少ないが、「習慣的行為」には合わない。「一回性の具体的行為」に適している。単純な「動作の順序」「事後処理」を表すことができる。

◆ 前句後句的限制少。但「習慣性的行為」不太合適，「一次性的具體行為」比較合適。可以表示動作的順序和事後處理。

☆ 一回性の具体的行為

● 日本へ行ったら、一生懸命勉強します。

　/ 去日本之後，我一定拼命學習。

● そんな事したら、きっと後悔しますよ。

　/ 做那種事情，你一定會後悔的。

● 宝くじが当たったら、世界旅行へ行きたいです。

　/ 如果中彩券的話，我就想環遊世界。

● 安かったら、買います。

　/ 如果便宜的話就買。

☆ 動作の順序

● 家へ帰ったら、すぐうがいをしてください。

　/ 回到家，請馬上漱口。

● 湯が沸いたら、火を弱くしてください。

/ 水開了，請把火關小。

● 使ったら、元の所に戻してください。

/ 用完了，請歸還原處。

『なら』

句型　動詞、い形・普通形／な形、名詞・語幹＋なら、～

☆ 名詞に付いて限定、強調、話題提示 によく使う。後件には前件より時間的に先に起きる事が言え、また、その内容は話し手の「意志」「希望」「要求」「推薦」を表すものが多い。「発見」「過去の習慣」には使えない。

◆ 接在名詞後面表示「限定」「強調」「特別提示」。後句文可以接比前句先發生的事情，其内容表示是說話者的「意志」「希望」「要求」比較多。不能表示「發現」「習慣性的行為」。

☆ 名詞に付いて限定、強調、話題提示

● 午前は忙しいですが、午後なら暇ですよ。

/ 上午比較忙，下午的話就有空。

● 納豆は食べられませんが、刺し身なら大丈夫です。

/ 我不敢吃納豆，但是可以吃生魚片。

● 日本語の辞典なら、広辞苑がいいと思います。

/ 如果是日文辭典的話，我覺得『廣辭苑』比較好。

☆ 後件には前件より時間的に先に起きる事が言える

● 今晩パーティーするなら、飲み物を買っておいたほうがいいです。

　／ 今天晚上要舉辦宴會的話，飲料應該先買好。

● お正月に帰国するなら、今から予約しないと間に合いませんよ。

　／ 如果要回國過新年的話，現在不訂票恐怕就買不到了。

● 結婚するなら、今から貯金したほうがいいですよ。

　／ 要結婚的話，現在就得開始存錢。

☆ 後文は話し手の「意志」「希望」「要求」「推薦」を表すものが多い

● 好きなら、結婚すればいいのに。

　／ 喜歡的話就跟他結婚好了。

● あなたが行くなら、私も行くわ。

　／ 如果你去我就去。

● 会社を辞めるなら、早ければ早いほどいいと思うよ。

　／ 要辭職的話，我認為越早越好。

☆ 「発見」「過去の習慣」には使えない

● ドアを開けたなら、中で田中さんが寝ていた。（×発見）

　／ 一開門就看到田中先生在裡面睡覺。

● 幼い頃、日曜日になったなら、よく教会へ行った。（×過去の習慣）

　／ 小時候，每到星期天都上教堂。

と	● 後件は必ず無意志文になり、話し手の「意志」「願望」「命令」等のを表す文はつかない。但し、「習慣的行為」はＯＫ。 ● 「発見」「状態の変化」によく使われる。
ば	● 前件と後件が同時に意志文になることはないが、主語が違えば大丈夫。 ● 「慣用句」「諺」「普遍的真理や事実」を表す文によく使われる。 ● 過去の文には使われないが、「反実仮想」ならＯＫ。（〜ば〜のに）
たら	● 前件、後件ともに制限は少ない。 ● 「習慣的行為」より「一回性の具体的行為」に適している。 ● 単純な「動作の順序」「事後処理」を表すことができる。
なら	● 名詞に付いて限定、強調、話題提示を表す。 ● 後件には、前件より時間的に先に起きる事が言える。 ● 後件には、話し手の「意志」「希望」「要求」「推薦」を表す文が多い。 ● 「発見」「習慣的行為」には使えない。

【練習問題22】 『と』『ば』『たら』『なら』

① 備え（あると・あれば・あったら・あるなら）、憂いなし。

② さっき薬を（飲むと・飲めば・飲んだら・飲むなら）、よくなりました。

③ 旅行（すると・すれば・したら・するなら）、秋がいいと思います。

④ 新聞を読み（終わると・終われば・終わったら・終わるなら）、元の所に返

してください。

⑤ トンネルを（抜けると・抜ければ・抜けたら・抜けたなら）、そこは雪国だった。

⑥ 今日は疲れたので、家へ（帰ると・帰れば・帰ったら・帰ったなら）、シャワーを浴びて、すぐ寝ます。

⑦ 検定試験を（受けると・受ければ・受けたら・受けるなら）、今から準備しないと、間に合いませんよ。

⑧ 駅に（着くと・着けば・着いたら・着くなら）、すぐ会社に電話をしてください。

⑨ （考えると・考えれば・考えたら・考えるなら）考えるほど、わからない。

⑩ 私は子どもの頃、夏に（なると・なれば・なったら・なるなら）、よくあの山に登ったものです。

⑪ 私はビールを（飲むと・飲めば・飲むなら）、すぐ顔が赤くなる。

⑫ 今週は都合が悪いけど、来週（であれば・だと・なら）大丈夫ですよ。

⑬ 赤いランプが（付くと・付けば・付いたら・付くなら）、すぐスイッチを切ってください。

⑭ 今晩、すき焼きを（作ると・作れば・作ったら・作るなら）、牛肉が必要です。

⑮ A：すみません、鮫島さん、いますか。
　 B：鮫島さんですか。彼（であれば・だと・なら）食堂にいるはずですよ。

⑯ 今日は薬を（飲むと・飲めば・飲んだら）、すぐお休みになってください。

⑰ A：田中さん、昨日のパーティー、楽しかったですよ。（来ると・来れば）よかったのに。どうして、来なかったんですか。

⑱ 教室に（入ると・入れば・入ったなら）、学生の視線が一斉に私に向けられ

るのを感じた。

⑲ A：そんなに彼が（**好きだと・好きであれば・好きなら**）、結婚すればいい

のに。どうして結婚しないの。

B：あのう、実は彼、超マザコンなのよ。

A：へえ、そうなんだ！知らなかった。

B：ねえ、もしあなた（**だと・であれば・なら**）、どうする？

⑳（**飲むと・飲めば・飲んだら**）乗るな。（**乗ると・乗れば・乗ったら・乗る**

なら）飲むな。

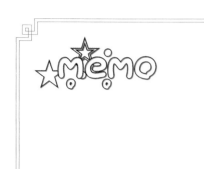

第23課 『ないで』『なくて』

『ないで』

句型	動詞・ない形＋ないで（≒ずに）、～

☆ 動作の順序を表し、前文の内容をしないで、後文の内容をすること。

　『…の代わりに～をする』という用法もある。

◆ 表示動作的順序（不做…就做～）。另外可以表示『代替…』。

> 歯を磨いて、寝ます。　　　　　　　　　刷牙 → 睡覺
> 歯を磨かないで、寝ます。　　　　　　　不刷牙 → 睡覺

> 朝ご飯を食べて、会社へ行きます。　　　吃早飯 → 上班
> 朝ご飯を食べないで、会社へ行きます。　不吃飯 → 上班

● ご飯を食べないで、おかゆを食べた。

　/ 不吃白飯而吃稀飯。

● 返事はファックスで送らないで、E・メールで送ります。

　/ 用E-mail代替傳真回信。

『なくて』

句型	動詞・ない形＋なくて、〜

☆ 原因、理由を表し、後文には『感情文』『状態文』が多く付く。意志を表す文は付かない。

◆ 表示原因・理由（因為〜所以…）。後文句大都是表示『感情文』『状態文』，不能接意志文。

注 { 時間がなくて、復習しません。　　（×意志文）
　　 時間がなくて、復習できません。　（○状態文）

● お金がなくて、買えません。

　　/ 因為沒有錢，所以買不起。

● 恋人がいなくて、寂しいです。

　　/ 因為沒有情人，所以寂寞。

● 先生に連絡しなくて、大丈夫ですか。

　　/ 不跟老師聯絡沒關係嗎？

【練習問題23】 『ないで』『なくて』

① 日本語ができ（ないで・なくて）、困ります。

② 私は予習し（ないで・なくて）授業を受けたことがない。

③ 時間が（ないで・なくて）、日本へ行けません。

④ 私はコーヒーに砂糖を入れ（ないで・なくて）、飲みます。

⑤ よく考え（ないで・なくて）、答えます。

⑥ 日曜日は朝早く起き（ないで・なくて）もいいです。

⑦ 恋人に会え（ないで・なくて）、寂しいです。

⑧ ドアをノックし（ないで・なくて）、部屋に入ら（ないで・なくて）ください。

⑨ 今日はどこも寄ら（ないで・なくて）、まっすぐ家へ帰ります。

⑩ 彼女はいつも化粧し（ないで・なくて）、出勤する。

⑪ 今朝、うっかり部屋の窓を閉め（ないで・なくて）、出かけました。

⑫ あなたは夜、寝（ないで・なくて）、朝まで日本語を勉強したことがありますか。

⑬ 会議は明日にし（ないで・なくて）、明後日にしませんか。

⑭ そんなこと知ら（ないで・なくて）も、少しも恥じゃない。

⑮ 資料をよく読ま（ないで・なくて）、会議に出てしまいました。

⑯ 人数が足り（ないで・なくて）、野球の試合ができません。

⑰ 結婚式には親戚なんか呼ば（ないで・なくて）、友人をたくさん呼びたい。

⑱ 手を洗わ（ないで・なくて）、ご飯を食べないでください。

⑲ 信号が赤の時は、道を渡ら（ないで・なくて）ください。

⑳ 週末はいつも、することが（ないで・なくて）、暇です。

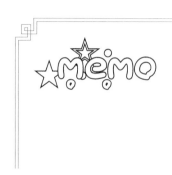

第24課 『なります』『します』

『なります』

句型　い形語幹・く／な形、名詞・に＋なります。

☆ 自然現象や状態の変化を表す。話し手の視点が動作ではなく、『動作の結果』や『状態』にある。

◆ 表示自然現象或描述眼前所看到的『狀態變化』。說話者的觀點不在該動作而在『狀態』和『該動作之後的狀態』。這時配合使用助詞『が』。

● 食べ過ぎると、お腹が痛くなります。

　／ 吃太多，肚子就會痛。

● 秋になると、木の葉が赤くなります。

　／到了秋天，樹葉就變紅了。

● 彼は帰化して、日本人になった。

　／ 他歸化為日本人。

● 石原慎太郎は『太陽の季節』で一躍文壇の寵児になった。

　／ 石原慎太郎以『太陽的季節』這篇小說一躍成為文壇的紅人。

句型	い形語幹・く／な形、名詞・に＋します。

☆ 人が行う具体的な動作を表す。目的語の後の助詞は『を』使う。話し手の視点が動作自体にある。

◆ 表示具體人為動作。動作會涉及或影響到其他的事物或人物。說話者的

觀點在『動作』。受詞後面配合使用助詞『を』。

● 急がないと、遅れますよ。早くしてください。

/ 不趕快的話，會來不及喔。請快一點吧。

● もっと砂糖を入れて、甘くしましょう。

/ 多加一點糖，弄甜一點。

● 会議は明日の午後三時にします。

/ 會議在明天下午三點舉行。

● 今回のテストは易しかったので、次回は少し難しくします。

/ 因為這次考試有點簡單，所以下次要考難一點。

【練習問題24】『なります』『します』

例1 ラジオの音が小さくて、よく聞こえません。

もっと（音・大きい）音を大きくして ください。

例2 夏になると、（気温・高い）気温が高くなります 。

① 急に（空・暗い）＿＿＿＿＿＿ので、雨が降るかもしれません。

② 今晩、パーティーがあるので、（部屋・きれい）＿＿＿＿＿おきます。

③ さっき、薬を飲んだら、（気分・いい）＿＿＿＿＿＿＿＿。

④ 先週、家の近くにスーパーができたので、（買い物・便利）＿＿＿＿＿＿＿＿＿。

⑤ 先月彼女は結婚して、（幸せ）＿＿＿＿＿＿＿＿。

⑥ 部屋が明るすぎて、眠れません。

　　（電気・暗い）＿＿＿＿＿＿＿＿もいいですか。

⑦ うるさいですよ。もっと（静か）＿＿＿＿＿＿＿＿ください。

⑧ 年を取ると、（髪の毛・薄い）＿＿＿＿＿＿＿＿。

⑨ 先生のおかげで、（日本語・上手）＿＿＿＿＿＿＿＿。

⑩ 部屋がちょっと暑いですね。

　　少し（クーラー・強い）＿＿＿＿＿＿＿＿ましょう。

⑪ 先生、宿題が多すぎます。もっと（少ない）＿＿＿＿＿＿＿＿ください。

⑫ 私はビールを飲むと、すぐ（顔・赤い）＿＿＿＿＿＿＿＿。

⑬ 以前は刺し身があまり好きじゃなかったんですが、

　　最近、少し（好き）＿＿＿＿＿＿＿＿。

⑭ 彼女はケーキを食べると、（機嫌・いい）＿＿＿＿＿＿＿＿。

⑮ この肉、少し硬いですね。もっと（軟らかい）＿＿＿＿＿＿＿＿ください。

⑯ ちょっと高いですね。もう少し（安い）＿＿＿＿＿＿＿＿くれませんか。

⑰ 風邪をひいたら、（体・暖かい）＿＿＿＿＿＿＿＿、早目に寝ましょう。

⑱ 田中さん、最近（きれい）＿＿＿＿＿＿＿＿ね。恋人でもできたんですか。

⑲ 短気な父も、最近年を取って、（性格・丸い）＿＿＿＿＿＿＿＿。

⑳ 夏は（髪・短い）＿＿＿＿＿＿＿＿と、（涼しい）＿＿＿＿＿＿＿＿よ。

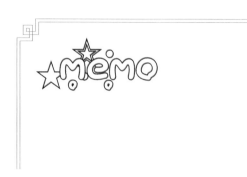

第25課 『なんて』『なんか』

☆ 例示することによって、断定的表現を避け、語調を丁寧化したり、婉曲化したりする。

☆ 意外性や驚きを表す。『なんか』にはこの用法はない。

☆ 軽視や非難や謙遜を表し、その対象が話し手の場合は、謙遜の意味になる。

◆ 為了避免斷定的說法而向對方舉例說明，所以語氣上帶有一點客氣的色彩。

◆ 表示『意外性』和『驚訝』。但是『なんか』沒有這個用法。

◆ 表示輕視、反駁、不滿。提示東西或動作，該動作不值一談之意。如果動作的對象是說話者的話，就表示謙虛之意。

※ 『なんて』『なんか』の相違点 ※

❖ 『なんて』は前の接続に制限はないが、『なんか』の前には名詞或いは助詞しか付かない。

　『なんて』的前面任何詞都可以接。『なんか』的前面一定是名詞或助詞。

❖ 『なんて』は前にしか助詞が付かないが、『なんか』は前にも後にも付く。

　助詞一定放在『なんて』的前面，但『なんか』是前面後面都可以接。

❖ 文頭にある時は、『なんて』は強調・感嘆を表し、『なんか』は「何となく～ような気がする」という意味を表す。

　在句首時，『なんて』表示「強調、驚訝」，『なんか』表示「總覺得～」。

☆ 丁寧化・婉曲化

● 先生、今度の週末カラオケなんか行きませんか。

/ 老師，這個週末要不要一起去卡拉OK？

● 社長、今年の社員旅行、ギリシアなんてどうでしょうか。

/ 老闆，今年的員工旅行，去希臘怎麼樣呢？

☆ 意外性・驚き（『なんか』にはこの用法がない）

● 鮫島さんが司法試験に合格するなんて、考えられない。

/ 真不敢相信鮫島先生會通過司法官考試。

● 鯨岡さんが子持ちのパパだったなんて、嘘みたい。

/ 想不到鯨岡先生是個有孩子的爸爸。

☆ 軽視・非難・謙遜

● 女性に暴力を振うなんて、最低だわ。

/ 對女生使用暴力是禽獸不如的！

● 試験なんて、大嫌いだ。

/ 考試，最討厭！

● 私の日本語なんか、まだまだ役に立ちませんよ。（謙譲）

/ 我的日文還早呢，一點都派不上用場。

『なんて』と『なんか』の相違点

❖ 助詞の位置

● 彼なんかと結婚したくない。（○）

/ 我絕不想跟他結婚。

● 彼となんか結婚したくない。（○）

● 彼となんて結婚したくない。（◯）

● 彼なんてと結婚したくない。（×不能接助詞）

❖ 文頭にある時

● なんて面白い映画なんだ！　　（強調・感嘆）

　　/ 多麼有趣的電影！

● なんか変な臭いがしませんか。（不確定な感覚）

　　/ 你有沒有聞到奇怪的味道？

【練習問題25】『なんて』『なんか』

① 彼がＡ大学に合格した（なんて・なんか）、信じられない。

② 彼がＡ大学に合格したって本当ですか。（なんて・なんか）信じられません。

③ 暇な時は、よく友達と喫茶店（なんて・なんか）でおしゃべりしています。

④ 鯨岡さん（なんて・なんか）と一緒に仕事したくないよ。

⑤ 鮫島さんがオカマだった（なんて・なんか）、信じられない。

⑥ 田中君、今日も遅刻だよ。まったく！今頃出勤して来る（なんて・なんか）！

⑦ 今日はお腹が空いているから、ご飯物か（なんて・なんか）にしましょう。

⑧ （なんて・なんか）硬い肉なんだ！噛み切れないよ。

⑨ （なんて・なんか）部屋が寒くない？クーラー消そうか。

⑩ 私は主人に「愛してるよ」（なんて・なんか）言われたことがありません。

⑪ その荷物、（なんて・なんか）重そうですね。中に何が入っているんですか。

⑫ さっき、天気予報で「日本の方へ台風が来る」（なんて・なんか）言ってた

けど、ほんとうかしら。

⑬ ねえ、美奈子、喉が渇いたわね。（なんて・なんか）飲まない？

⑭ さっき、部長に会ったけど、（なんて・なんか）機嫌悪そうだったよ。

⑮ この国では、夏の午後（なんて・なんか）にスコールが来ることがある。

⑯ 宝くじが当たる（なんて・なんか）夢見たい！

⑰ お前、今（なんて・なんか）言った！ふざけんじゃねえよ！もう一度言って

みろ！

⑱ お客様、こちらの（なんて・なんか）は如何ですか。軽くて丈夫ですよ。

⑲ 私の今の日本語のレベル（なんて・なんか）では、とても仕事には使えませ

ん。

⑳ （なんて・なんか）すてきなお家なんでしょう！私も（なんて・なんか）こ

んなお家に住みたくなってきたわ。

第26課　『〜に対して』『〜 について』『〜 に関して』 『〜にとって』『〜として』

『〜に対して』

☆ 動作や感情表現の対象を表す。この時は『〜に』と置き換えることができる。『〜に』の強調表現である。

☆ 前文と比較して後文にそれと対立する内容を表す文が付く場合も多い。

◆ 表示動作或感情的對象。這表達方式是一種強調表現，可以替換『〜に』。

◆ 後文句的內容跟前文句的相反的內容比較多。中文的意思是『對〜，與〜相反，與〜相比』。

☆ **動作や感情表現の対象を表す場合 （〜に対して≒〜に）**

● 『ごくろうさま』は上司に対して失礼な言葉だ。

　/ 對長輩說『辛苦了』是不禮貌的。

● あなたの意見に対して反論します。

　/ 我反對你的意見。

● 彼は日本の歌舞伎に対して、大変な興味を示した。

　/ 他對日本的歌舞伎表現出很大的興趣。

☆ **対立する内容を表す**　與〜相反，與〜相比

● 手紙なら一週間もかかるのに対して、電話なら数秒もかからない。

　/ 如果寄信的話要花一個禮拜的時間，相較之下，打電話只要幾秒而已。

● 男性の出席者は50人に対して、女性の出席者は５人しかいなかった。

／ 男性的出席者有五十名，相較之下，女性的出席者只有五個人。

● 会員のほとんどが賛成意見を述べたのに対して、彼だけが反対意見を述べた。

／ 大部分的會員都表贊成意見，只有他一個人持反對意見。

『～について』

☆ 動作の対象を表すが、その動作は『調べる』『研究する』『話す』『言う』『考える』のような思考活動が多く付く。『～に対して』のように、対象を対立した物として捉える文には使いにくい。

◆ 表示動作對象，但是該動作大都是像『調べる』『研究する』『話す』『言う』『考える』等等思考方面的動詞。沒有像『～に対して』那樣把對象當作相對對象的用法。中文的意思是『有關～，關於～』。

● 日本語の文法についての本を書く。

／ 出版有關日文的文法書。

● 公害問題について研究する。

／ 研究有關公害的問題。

● 今の私の意見について、どう思いますか。

／ 有關剛才的我的意見，你覺得怎樣呢？

● 私は今、日本の方言について調査しています。

／ 現在我調查有關日本的方言。

＊{ 彼は日本の伝統文化について、よく知っている。　（○）
　 彼は日本の伝統文化に対して、よく知っている。　（×）

{ 彼は日本の伝統文化について、拒否反応を示した。　（×）
　 彼は日本の伝統文化に対して、拒否反応を示した。　（○）

『〜に関して』

☆ 動作の対象を表すが、『〜について』が対象を限定しているのに対して、『〜に関して』はその対象を限定せずに、対象と関わりのある広い範囲も含む。

◆ 表示動作對象。『〜について』的對象是固定、限制的對象，但是『〜関して』的對象是範圍比較大。

● 公害問題に関して、何でもいいですから意見を言ってください。

/ 關於公害問題的種種，請就此點發表看法。

● コンピューター方面に関しては、田中さんが詳しいですよ。

/ 有關電腦方面的事情我想田中先生很熟悉。

● 今度の事件に関して、あなたは他に何か知っていますか。

/ 關於這次事件你知道什麼嗎？

『～にとって』

☆ 評価や判断の主体を表す。従って、後文には形容詞文、状態文が付き、意志文は付かない。

◆ 表示評價、判斷的主體。因此後句文都是『形容詞文』『狀態文』，不能接『意志文』。 中文的意思是『對～來說』。

● 私にとって、この辞書はとても大切なものです。

　/ 對我來說這本辭典很重要。

● 日本にとって、アメリカは重要な貿易相手です。

　/ 對日本來說美國是很重要的貿易對象。

● 生物にとって、酸素は欠かせない。

　/ 對生物而言氧氣是不可欠缺的。

『～として』

☆ 『身分』『資格』『立場』『所属』等を表す。

◆ 表示『以～的身分』『以～立場』『作為～』。

● 日本代表として、オリンピックに参加する。

　/ 以日本代表的身分參加奧林匹克。

● 私は留学生として、日本へ来ました。

　/ 我以留學生的身分來日本。

● 君は母として、失格だ。

　/ 妳沒有做母親的資格。

【練習問題26】 『～に対して』『～について』『～に関して』
　　　　　　『～にとって』『～として』

① 先生（に対して・について・に関して・にとって・として）そんな言葉づかいをしてはいけません。

② 私は学生時代、アメリカ文化（に対して・について・にとって・として）強い憧れを持っていました。

③ 日本語の助詞（に対して・に関して・にとって・として）いろいろ資料を集めています。

④ 日本語の助詞が複雑なの（に対して・について・に関して・にとって・として）、中国語の助詞は簡単だと思います。

⑤ 県の代表（として・について・に対して・に関して・にとって）会議に参加した。

⑥ お客様（について・にとって・に対して・として・に関して）は、敬語を使った方が無難です。

⑦ 私（について・にとって・に対して・として・に関して）、あなたは大切な人です。

⑧ 明日の会議（にとって・に対して・に関して・として）の参考資料をコピーして下さい。

⑨ 自分が言ったこと（について・にとって・に対して・として・に関して）は、自分で責任を持つべきだ。

⑩ 彼が付き合っている人たちのこと（にとって・に対して・に関して・として）は、私は一切関知しません。

⑪ 卒業論文は夏目漱石（について・にとって・に対して・として）書く予定です。

⑫ 日本は基本的には単一民族の国家です。それ（について・にとって・に対して・に関して・として）、アメリカは「人種のるつぼ」と言われるように、多民族の国家です。

⑬ 農民（について・にとって・に対して・関して・として）、土地ほど重要なものはない。

⑭ 学生たちは、今度の新しい先生（について・にとって・に対して・に関して・として）、強い不満を持っている。

⑮ この雑誌は芸能界のこと（について・にとって・に対して・として）詳しく書いてあります。

⑯ 水は人間（について・にとって・に対して・関して・として）、不可欠のものです。

⑰ そんな事して、自分（について・にとって・に対して・に関して・として）恥ずかしくないんですか。

⑱ 私は日本の歌舞伎（について・にとって・に対して・として）は、何も知りません。

⑲ 明日の試験（について・にとって・に対して・に関して・として）、少し注意事項を述べます。

⑳ 今 私は日系の貿易会社に勤めています。私（について・にとって・に対して・に関して）日本語は大切な言語です。

『～につれて』

句型 | 動詞・辞書形／名詞＋につれて、～

☆ 前件の変化が起きると、後件の変化が起きることを表す。前件、後件、両方とも変化するが、後件に意志文は使えない。

◆ 有前句的變化，就有後句的變化。Ａ、Ｂ都會變化。後句文不能接意志文。

● 貯金が増えるにつれて、利子も増える。

／ 存款金額增加，利息也會隨著增加。

● 人口増加につれて、犯罪も増える。

／ 隨著人口增加，犯罪也會增加。

● 町が発展するにつれて、自然が少なくなっていく。

／ 城市越發展，大自然越減少。

cf：事故が増えるにつれて、取締りを強化していくつもりです。（×）

『～に伴って』

句型 | 動詞・辞書形／名詞＋に伴って、～

☆ 前件が起きると、後件が起きる。重点は後件にある。

◆ 有發生Ａ，就有Ｂ的變化。重點在後句文。

句型 | 名詞＋に伴って、～

☆ 『～の時に（～の際に）、何かが行われる』意味を表す。

◆ 表示『～的時候、之際，舉辦某種事情』。

☆ 前件が起きると、後件が起きる。重点は後件にある

● 留学手続が進むに伴って、提出書類も多くなる。

/ 隨著辦理留學手續的進展，要繳交的文件也越來越多。

● 不況に伴って、失業者も増加する。

/ 隨著經濟不景氣，失業率也會增加。

● 台風の接近に伴って、風雨が強まって来た。

/ 颱風逐漸逼近，風雨跟著漸漸增強。

☆ 『～の時に（～の際に）、何かが行われる』意味を表す

● 新社長の就任に伴って、大規模なリストラが発表された。

/ 新董事長一上任，就下令大規模的裁員。

● 彼の帰国に伴って、空港で記者会見が行われた。

/ 他回國的時候，在機場召開了記者會。

『～に従って』

動作性動詞・辞書形＋に従って、～

☆ 必然的な因果関係を表す。前件が起きると、後件という結果になる。

◆ 表示必然因果關係。因有Ａ，所以有Ｂ。

名詞 ＋ に従って、 ～

☆ 規則や指示通りに行動することを表す。

◆ 表示照著規定或命令來行動之意。

☆ **必然的な因果関係を表す。前件が起きると、後件という結果になる**

● 高度が高くなるに従って、空気が薄くなる。

 / 高度越高空氣越稀薄。

● 日本語が進歩するに従って、テレビのドラマがわかるようになった。

 / 隨著日文的進步，漸漸看得懂日本的電視節目。

● 年を取るに従って、怒りっぽくなった。

 / 隨著上了年紀，越老越愛發脾氣。

☆ **規則や指示通りに行動することを表す**

● 社命に従って、香港へ出張する。

 / 奉公司之命，出差到香港。

● 憲法に従って、法律を制定する。

 / 按照憲法的規定，制定法律。

● 私は人の命令に従って行動するのが嫌いです。

／ 我不喜歡照著別人的指示去做。

『～と共に』

| 句型 | 動作性動詞・辞書形＋と共に、～動作性動詞。 |

☆ 二つの動作が同時或いは継続的に行われる。前件、後件ともに、動作性や変化を表す動詞が使われる。

◆ 兩個動作同時進行或Ａ動作結束後，馬上就有Ｂ動作。

| 句型 | 名詞１＋であると共に、名詞２でもある。 |

☆ 二つの状態を同時に満たすことを表す。

◆ 表示『是～，同時也是～』。

☆ 二つの動作が同時或いは継続的に行われる。前件、後件ともに、動作や変化を表す動詞が使われる

● 彼はベッドに横になると共に、すぐ寝てしまった。

／ 他往床上一躺馬上就睡著了。

● 彼は部屋に入ると共に、すぐ電話をかけた。

／ 他一進屋子裡就打電話。

☆ 二つの状態を同時に満たすことを表す

● 彼は大学教授であると共に、医者でもある。

／ 他是大學教授，也是醫生。

● 彼女は一児の母親であると共に、妻でもある。

／ 她已為人妻，同時也是一個孩子的媽媽。

【練習問題27】 『～につれて』 『～に伴って』 『～に従って』 　　　　　　　『～と共に』

① 高度が増す（につれて・に伴って）、呼吸がだんだん苦しくなってきた。

② 工場閉鎖（につれて・に伴って・に従って）、500人の労働者が解雇された。

③ これは、あなたのミスである（につれて・に伴って・に従って・と共に）、あなたの上司のミスでもある。

④ 今回の大江健三郎のノーベル文学賞の受賞は、日本の文学界にとって名誉である（につれて・に伴って・に従って・と共に）、アジアの文学界にとっても大きな励みにもなる。

⑤ この名簿は、五十音（につれて・に伴って・に従って・と共に）、並べてあります。

④ 日没（につれて・に伴って・に従って・と共に）、農民たちは部落へ帰って行った。

⑦ 盲目的に他人の指示（につれて・に伴って・に従って・と共に）はいけないと思います。

⑧ このテロ行為はアメリカに対する犯罪行為である（につれて・に伴って・に従って・と共に）、世界のすべての民主国家に対する挑戦でもある。

⑨ 歌は世（につれて・に伴って・に従って）変わり、世も歌（につれて・に伴って・に従って・）変わって行く。

⑩ 会社の規定（につれて・に伴って・に従って・と共に）、社員の処遇を決め

る。

⑪ ロシア大統領の来日（につれて・に伴って・に従って・と共に）、迎賓館
で、歓迎のレセプションが行われた。

⑫ これからは、ガイドの指示（につれて・に伴って・に従って・と共に）、行
動してください。

⑬ 学生数の増加（につれて・に伴って）教員数も増やしていく計画です。

⑭ 細い山道を進む（につれて・に伴って・に従って・と共に）、勾配が少しず
つ険しくなってきた。

⑮ 救護部隊は現場に到着する（につれて・に伴って・に従って・と共に）、た
だちに救援活動を開始した。

⑯ 今年の日本は、木枯し（につれて・に伴って・に従って・と共に）、不況が
やって来た。

⑰ 私は自分の信念を変えてまでも、会社の方針（につれて・に伴って・に従っ
て・と共に）働き続けるのは真っ平です。

⑱ 山口は突然演台に上がる（につれて・に伴って・に従って・と共に）、演説
中の浅沼委員長に向かって突進した。

⑲ 彼は会社再建（につれて・に伴って・に従って・と共に）、他企業から優秀
な人材を多くヘッドハンティングした。

⑳ 彼は偉大な政治家である（につれて・に伴って・に従って・と共に）、一人
の敬虔なキリスト教徒でもあった。

第28課 『の』『こと』

『の』

☆ 具体的な人や物を指す。対象を直接的、感覚的に捉えるので、形容詞文や感覚的動詞が多く使われ、二つの事柄がほぼ同一時間に共起する。

◆ 指具體的人或東西。說話者對事情直接的感覺。後句的內容用在「表示視覺，聽覺等的形容詞文」比較多。兩個事情在同一個時間發生。

【同一個時間發生的意思】

■ 空港で友人が日本へ帰るのを見送る。

　　　　（9：10に帰る）　　　（9：10に見送る）

事情1和事情2在同一個時間發生

■ 彼が死んだのは、今朝8時です。

　　　　（8：00）　　（8：00）

☆ 具体的な人や物を指す

● あそこに立っているのは、鈴木さんです。（人）

　/ 站在那邊的人是鈴木先生。

● 客：あのう、もっと安いのはありませんか。（物）

　/ 客人：不好意思，有更便宜一點的嗎？

● 昨日休んだのは、田中さんです。（人）

　/ 昨天休假的人是田中先生。

157

☆ 形容詞文や感覚的な動詞が多く使われる

● 日本語の助詞をマスターするのは大変だ。（形容詞文）

/ 要學好日文的助詞是很難的。

● 空港で友人が日本へ帰るのを見送る。（視覚的）

/ 到機場送朋友回日本。

● ゴキブリが机の上を歩いているのを見つけた。（視覚的）

/ 我看到蟑螂在桌上爬。

● 日本語で作文を書くのは難しい。（形容詞文）

/ 用日文作文很難。

● 彼は日本語を話すのがとても速い。（形容詞文）

/ 他說日文說得很快。

『こと』

☆ 具体的な動作内容や情報を示す。能力、趣味、過去の経験は『の』ではなく『こと』を使う。

◆ 指具體的動作內容或情報、事情。表示「能力、興趣、過去的經驗」時，不使用「の」而使用「こと」。

● 昨日、会議で話したことを、もう一度話してください。

/ 請把昨天在會議上講過的事情再說一次。

● あなたが言っていることの意味が、全然わかりません。

/ 我完全不懂你所說的話。

● 彼が大阪に転勤になったことは、以前から知っていました。

／ 我早就知道他調到大阪。

● 私は日本へ一度も行ったことがない。

／ 我一次也沒去過日本。

● ちょっと、お伺いしたいことがあるんですが。

／ 請問一下。

● 私はどうしてもあなたの要求を受け入れることができません。

／ 我怎麼也無法接受你的要求。

【練習問題28】『の』『こと』

① 私は日本へ３回行った（こと・の）があります。

② 私の趣味は映画を見る（こと・の）です。

③ 昨日習った（こと・の）をもう忘れてしまいました。

④ 私は英語を話す（こと・の）ができません。

⑤ 過ぎた（こと・の）は忘れましょう。

⑥ 日本人は歩く（こと・の）が速いです。

⑦ 昨日の夜、池袋で先生が若い女性とラブホテルに入る（こと・の）を見た。

⑧ 日本人は自分が思っている（こと・の）をあまりはっきり言わないってよく
言われるけど、私はそうは思いません。

⑨ Ａ：Ｂさん、こんな所で何をしているんですか。

Ｂ：急いでいるので、タクシーが来る（こと・の）を待っているんです。

⑩ 一度契約した（こと・の）は解約できません。

⑪ 一人で旅行に行く（こと・の）はいいけど、気をつけて行ってね。

⑫ 今、あそこで電話をかけている（こと・の）は、私の上司です。

⑬ 彼女が離婚した（こと・の）は、今日初めて知った。

⑭ 彼女が離婚した（こと・の）は、夫の浮気が原因だそうです。

⑮ 私が会社を辞める（こと・の）は、給料が少ないからではありません。交通が不便だからです。

⑯ あそこで話している（こと・の）は私の先生です。

⑰ お手元にある（こと・の）が、今日の会議の資料です。

⑱ 最近忙しいので、あまりテレビを見る（こと・の）がありません。

⑲ 若い時に自分のやりたい（こと・の）をやったほうがいい。

⑳ 地震が起きた（こと・の）は９月21日午前１時47分の（こと・の）でした。

第29課 『場所』『所』

『場所』
ばしょ

☆ 何かの行動を行う具体的な地点や空間を表す。単独でも被修飾語としても使われる。

◆ 可以單獨使用或當作被修飾詞。指做某個動作的具體地點或空間。

● 公共の場所では、たばこを吸ってはいけない。

  / 在公共場所不能抽煙。

● 集合場所を間違えないように。

  / 請不要弄錯集合的地點。

● 出発する前に、地図でよく目的地の場所を確認しておきましょう。

  / 出發前，先好好地確認場所。

『所』

☆ 慣用表現以外は単独では使えず、必ず前に別の語を伴って、被修飾語として使われる。形容詞や状態動詞を伴って、人や物が存在する地点や空間を表す。前に漢語は付かず、漢語が付く時には「〜所」「〜所」と読む。「裁判所」「料金所」「教習所」など。また、おおよその「程度」や「数量」を表すことができる。

◆ 『慣用表現』之外，不能單獨使用，前面一定有修飾詞。跟形容詞和狀態動詞一起使用表示人或東西的存在場所、地點。前面不能放『漢語』，如果放漢語的話就要唸成『〜しょ』『〜じょ』。例如：『裁判所』『料金所』『教習所』等等。還可以表示大概的『程度』『數量』。

● あなたの実家のある高知県って、どんな所なんですか。（存在的場所）

/ 你老家所在的高知縣是什麼樣的地方呢？

● ほら、あんな所に小犬がいる。（存在的場所）

/ 你看，那邊有隻小狗。

● 所かまわず、物を捨てる。（慣用表現）

/ 隨地亂丟東西。

● Ａ：日本の人口は今、１億２千万人ぐらいですか。

Ｂ：そうですね。だいたいそんな所でしょう。（概数）

/ Ａ：現今日本的人口有1億2千人左右嗎？

Ｂ：這個嘛，差不多吧！

① 先生、これは私が書いた作文なんですが、どこか間違った（場所・所）があ

っ たら、直していただけませんか。

② 家の近くには、自然も残っているし、人も親切だし、とてもいい（場所・

所）です。

③ 皆さん、これから自由行動です。二時間後に必ず戻って来てください。集合

の（場所・所）は、ここです。では、解散！

④ 今日も込んでるわね。私が注文するから、あなた、先に行って、（場所・

所）を取っておいてよ。

⑤ たばこを吸うのはいいけど、（場所・所）をわきまえてほしい。

⑥ 長崎は風光明媚で異国情緒豊かな（場所・所）です。

⑦ あら！鮫島さん。こんな（場所・所）で何してるんですか。

⑧ ほら！あの木の一番上の（場所・所）に、カラスがとまっていますよ。見え

ますか。

⑨ 私は背中の真ん中の（場所・所）に、大きいホクロがあるんです。

⑩ 商売をする時に一番大切なのは立地条件、つまり（場所・所）ですよ。

⑪ ここは話しをするにはちょっと（場所・所）が悪いので、会議室へ行きまし

ょう。

⑫ こちらに、あなたのお（場所・所）とお名前を記入してください。

⑬ この部屋、駅からも近いし、買い物も便利だし、（場所・所）は理想的です

ね。でも、日当たりがあまりよくないと思います。

⑭ 私はホテルに泊ったら、必ず非常口の（場所・所）を確認することにしてい

る。

⑮ Ａ：お塩の量はこのくらいでいいですか。

　　Ｂ：そうですね。だいたいそんな（場所・所）でしょう。

⑯ 普通、床屋は男性が行く（場所・所）で、女性は行きません。

⑰ 実の（場所・所）、私は今の職場があまり好きじゃないんです。

⑱ Ａ：今日の授業の内容に関して、何か質問はありませんか。

　　Ｂ：今の（場所・所）、別にありません。

⑲ 部屋が狭くて、家具の置き（場所・所）がなくて、困っています。

⑳ Ａ：人に頼まれると、断れなくてね。

　　Ｂ：そこが君のいい（場所・所）なんだよ。

第30課 『はず』『べき』

『はず』

☆ ある確かな根拠に基づいて、話し手が当然のこととして下す『判断』
及び『推測』を表す。

◆ 表示根據確定的消息，說話者自信地判斷或推測之意。

● 最近ずっといい天気だから、明日もきっといい天気のはずだ。

/ 最近天氣一直都很好，所以明天也一定會好的。

● 彼も現場にいたから、この事を知っているはずだ。

/ 因為他也是在現場，所以應該知道這件事。

● 彼女は子供がいるから、もう結婚しているはずです。

/ 她已經有孩子，所以有結婚了吧。

● あんなに勉強したから、きっと合格するはずです。

/ 因為那麼認真地學習，所以一定會考上的。

※ 請參考『推測』表現　　　　　　　　　　　　確信度

　　　彼はその事を知っている。　　　　　　　　↑　大

　　　彼はその事を知っているはずです。

　　　彼はその事を知っているでしょう。

　　　彼はその事を知っているかもしれません。

『べき』

☆ 社会や組織の常識や習慣、或いは話し手の個人的価値観に基づいてこうなければならないとする『基準』『規範』『義務』等を表す。

◆ 表示根據社會、組織的常識或習慣，以及說話者個人的價值觀來判斷出來的『標準』『規範』『義務』。我認為應該做～之意。

● 学生はアルバイトするべきではないと思う。

/ 我想學生不應該打工。

● 先生は一生懸命教えるべきだし、学生は一生懸命勉強するべきだ。

/ 老師應該認真教授，學生應該認真學習。

● 親は子を育てるべきだし、子は親の面倒を見るべきだ。

/ 父母應該扶養孩子，孩子應該照顧父母。

※ 請參考『判斷』表現　　　　　　　　　　　　　　要求度

宿題はしなければならない。

宿題はするべきです。

宿題はしたほうがいい。

↑ 大

【練習問題30】『はず』『べき』

① 今日もいい天気だったので、明日もきっといい天気の（はず・べき）です。

② 日本で、行く（はず・べき）所はもう全部行きました。

③ 来る（はず・べき）人が来ないと、会議が始められない。

④ 学生は一生懸命勉強する（はず・べき）です。

⑤ Ａ：バスがなかなか来ませんね。

　　Ｂ：そうですね。でも、もうそろそろ来る（はず・べき）ですよ。

⑥ 彼はまだ家へ帰っていない（はず・べき）です。鞄がまだありますから。

⑦ 確か、ここに置いた（はず・べき）なのに、いくら探しても見つからない。

⑧ 車内では、体の不自由な人に席を譲る（はず・べき）です。

⑨ Ａ：あなたのレポート、間違いがたくさんありましたよ。

　　Ｂ：そんな（はず・べき）はないでしょう。何度も確認したんだから。

⑩ 試験を始める前に、注意す（はず・べき）点を言っておきます。

⑪ 一生懸命勉強したんだから、絶対合格する（はず・べき）です。

⑫ 『郷に入りては郷に従え』と言うように、日本へ行ったら日本の習慣に従う

　　（はず・べき）だと思います。

⑬ 今晩、彼女とデートする（はず・べき）でしたが、仕事が忙しくて、できま

　　せんでした。

⑭ こんな大事なことは、みんなと相談してから決める（はず・べき）です。
　　一人で勝手に決める（はず・べき）ではありません。

⑮ こんな（はず・べき）じゃなかったのに。

⑯ 今日の仕事は今日中に終わる（はず・べき）です。明日に延ばしてはいけま

　　せん。

⑰ この道を真っ直ぐ行けば、ガソリンスタンドがある（はず・べき）です。

⑱ 税金は納める（はず・べき）じゃなくて、納めなければならないんです。

⑲ わからなかったら、先生に質問するとか、辞書をひくとかする（はず・べ

　　き）です。

⑳ あんな奴に大事な仕事を任せる（はず・べき）じゃない。

第31課 『勉強します』『習います』

『勉強します』

☆ 何かの義務や目標があって、主体的にする行為のこと。

◆ 為了目標或義務而做的主動行為。

● 私は毎日家で、３時間勉強します。

/ 我每天都在家學習三個小時。

● 勉強してから、遊びに行きなさい。

/ 先學習，然後去玩吧！（做完功課再去玩吧！）

● 学生の本分は勉強することです。

/ 學生所應盡的本份是學習。

『習います』

☆ 一人で主体的に勉強するのではなく、受動的に先生や学校に何かを教えてもらう時に使う。

◆ 不是主動的學習，而是被動的從老師或在學校等等的學習。

● 結婚前に、料理学校へ行って、料理を習っておく。

/ 結婚前上料理學校學習烹調。

● フラメンコを習いたいんだけど、どこか教えてるとこ知らない？

/ 我想學吉普賽舞，你知道哪裡有開班教舞嗎？

● 人に習ったことは忘れやすい。

/ 向人家學習的事情容易忘掉。

【練習問題31】『勉強します』『習います』

① 最近、残業が多いので、家で日本語を（勉強する・習う）時間がない。

② 小さい頃、祖父にいろいろなことを（勉強した・習った）。

③ あの先生には、まだ一度も（勉強した・習った）ことがない。

④ 理屈じゃないよ。「（勉強する・習う）より慣れろ」って言うだろ。

⑤ 今、週に一回公民館で日本舞踊を（勉強して・習って）います。

⑥ 試験前の図書館は、（勉強する・習う）学生でいっぱいだ。

⑦ 隣の人がうるさくて、（勉強できない・習えない）。

⑧ 母に（勉強した・習った）家庭料理で客をもてなす。

⑨ さすが、カラオケ教室で（勉強した・習った）だけのことはある。

⑩ 今日の先生のお話、いい（勉強・習い）になりました。

⑪ 彼はたいへんまじめで、いつも図書館で遅くまで（勉強して・習って）いる。

⑫ 人に（勉強する・習う）んじゃなくて、自分で（勉強し・習い）なさい。

⑬ ソロバンは小学生の頃、ソロバン塾で（勉強した・習った）ことがあるので、少しはできますよ。

⑭ わからない時は、（勉強した・習った）とおりに操作すれば、動きます。

⑮ 明日は期末試験なので、今晩は徹夜で（勉強する・習う）つもりだ。

⑯ ちょっと、静かにしてよ。今、（勉強してる・習ってる）んだから。

⑰ 今、自動車学校で車の運転を（勉強しています・習っています）。

⑱ 彼女は誰にも（勉強した・習った）こともないのに、料理がとても上手だ。

⑲ 私のドイツ語は独学です。人に（勉強した・習った）ことはありません。

⑳ 試験前に、一夜漬けで（勉強しても・習っても）間に合わない。

第32課　『まで』『までに』

『まで』

☆ 動作が継続する最後の範囲を表す。その範囲内ずっとその動作が続いて行われる。

◆ 表示動作繼續的範圍。該期間中動作繼續進行。

● 昨日の晩は、朝まで徹夜で日本語を勉強した。

　/ 昨晚開夜車學習日文。

● 家まで走って帰った。

　/ 跑回家去。

● 父は六十五歳の定年まで、現場で働いた。

　/ 父親在工廠上班，直到六十五歲退休。

『までに』

☆ 動作の最終的な期限を表し、動作がその期限以前の任意の時に完了或いは発生しなければならないことを意味する。

◆ 表示動作最後的期限。該動作一定在那個期限內的任意時刻發生或完成。

● 30歳までに結婚したい。

　/ 我想在三十歲以前結婚。

● 門限があるので、10時までに帰らなければなりません。

／ 因為有門禁時間，所以十點以前必須回到家。

● 明朝 7 時までに、ここに集合してください。

／ 明天早上七點之前，請到這邊集合。

【練習問題32】『まで』『までに』

① 日本の銀行は午前 9 時から午後 3 時（まで・までに）営業します。

② 熱が下がる（まで・までに）、安静にしてください。

③ 会議が始まる（まで・までに）、必要な資料をコピーしておいてください。

④ 仕事は今日（まで・までに）終わりそうにない。

⑤ お客様が来る（まで・までに）、店内を整理しておいてください。

⑥ 私は30歳（まで・までに）、ずっと一人暮らしでした。

⑦ 私は30歳（まで・までに）、弁護士の資格を取りたい。

⑧ 彼は30歳になる（まで・までに）、すでにマイホームを建てた。

⑨ 電車が来る（まで・までに）、ここで待ちましょう。

⑩ 納得がいく（まで・までに）、何度も説明を聞く。

⑪ あの悲惨な事件は死ぬ（まで・までに）、忘れられない。

⑫ 大学を卒業する（まで・までに）、車の免許を取りたい。

⑬ 明日午前九時（まで・までに）、必ず駅前に集まってください。

⑭ 目標を達成する（まで・までに）、一生懸命がんばります。

⑮ 引継ぎの人が来る（まで・までに）、帰らないでください。

⑯ これは大切な書類ですから、明日（まで・までに）、絶対返してください。

⑰ 展覧会は十日から十七日（まで・までに）開催されます。

⑱ 国へ帰る（まで・までに）、一度はディズニーランドへ行ってみたい。

⑲ 欲しがりません、勝つ（まで・までに）は。

⑳ 明日の宿題は5ページから9ページ（まで・までに）です。来週の月曜日

（まで・までに）出してください。では今日の授業はここ（まで・まで

に）です。

第33課 『見えます・聞こえます』『見られます・聞けます』

『見えます・聞こえます』

☆ 自然的、客観的、物理的な条件によって左右される行為。

◆ 在自然、客觀、肉體上或物理性的條件下所看的所聽的行為。

● 私の家のベランダから、富士山が見えます。

/ 我家的陽台看得到富士山。

● みなさん、見えますか。見えなかったら、もっと前に来てください。

/ 同學們，看得到嗎？看不到的話，請到前面來。

● みんなに聞こえるように大きい声で言ってください。

/ 為了讓大家都聽得到，請說大聲一點。

㊟ 彼は自民党ではタカ派で聞こえた政治家だ。（聞こえた≒有名な）

/ 他是自民黨裡以強硬派而聞名的政治家。

『見られます・聞けます』

☆ 話し手の個人的な事情、理由、機会等によって左右される行為。

◆ 在說話者個人的事情、理由、機會等等的條件下所看的所聽的行為。

● 今から急いで家へ帰っても、九時のスポーツニュースは見られない。

/ 即使現在趕回家，也來不及收看九點的體育新聞。

● 子供にチャンネルを占領されて、野球が見られなくなった。

／ 小孩子佔據頻道，大人就不能看棒球比賽。

● いつも帰宅が遅いので、子供の話しが何も聞けない。

／ 每天都很晚才回到家，所以聽不到孩子的談話。

【練習問題33】『見えます・聞こえます』『見られます・聞けます』

① 祖母はもう八十歳になるのに、耳もよく（**聞こえる・聞ける**）し、目もよく（**見える・見られる**）。

② もしもし、林さんですか。私です、鮫島です。（**聞こえます・聞けます**）か。

③ 山道に入ると、霧のためにセンターラインがよく（**見えなく・見られなく**）なった。

④ この映画はめったに上映しないから、（**見える・見られる**）時に見ておいたほうがいいよ。

⑤ 今のテレビはタイマーで自動録画ができるので、好きな番組がいつでも見たい時に（**見えます・見られます**）。

⑥ すみません、電話の声が遠くてよく（**聞こえない・聞けない**）んです。

⑦ 今日のゼミは、先生の若い時の苦労話がいろいろ（**聞こえて・聞けて**）、とても有意義でした。

⑧ 隣の部屋から、子供がピアノを練習する音が（**聞こえて・聞けて**）来る。

⑨ こんな簡単な質問、恥ずかしくて先生に（**聞こえない・聞けない**）。

⑩ いつも残業で、夜9時のスポーツ番組が（**見えない・見られない**）けど、今日は仕事が定時に終わったので、久しぶりに（**見え・見られ**）そうだ。

⑪ 鮫島先生は、親切で気さくな先生だから、わからないことがあったら、何で

も遠慮なく（聞こえる・**聞ける**）。

⑫ あそこに信号が（**見える**・見られる）でしょう。あの信号を右に曲がって、真っ直ぐ行くと、右にありますよ。

⑬ サンタナが久しぶりに来日する。彼のコンサートなんて滅多に（聞こえない・**聞けない**）から、明日早速チケットを予約しておこう。

⑭ 最近、年のせいか、小さい字がよく（**見えない**・見られない）。

⑮ あっ！今、何か（**聞こえません**・聞けません）でしたか。私の空耳かな。

⑯ ピカソの展覧会なんて、こんな田舎じゃ、なかなか（見えない・**見られない**）。

⑰ 黒板の字がよく（**見えない**・見られない）ので、一番前の席に座ります。

⑱ 今、まだ先生がいるから、何か質問があったら、（聞こえる・**聞ける**）うちに聞いておいたほうがいいよ。

⑲ あのう、一番後ろの方、私の声がはっきり（**聞こえます**・聞けます）か。はっきり（**聞こえ**・聞け）なかったら、もっと前のほうに来てください。

⑳ 鮫島氏は、孤高の小説家として文壇に（**聞こえた**・聞けた）文士です。

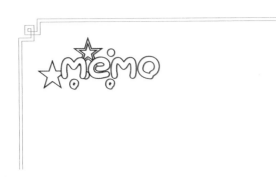

第34課 『問題』『質問』
もんだい　しつもん

『問題』
もんだい

☆ 試験や研究などの解くべき対象や我々の日常生活で起きる何かに影響を
与える解決すべき事柄を表す。名詞用法しかない。

◆ 表示考試、研究等要解決的對象，或在日常生活中所發生的會影響到我們的
對象。句子裡只當名詞用。

● 試験問題は全部で10問あります。

  / 考題總共有十個。

● 家庭内の問題は、他人にはわからない。

  / 家庭裡的問題別人難以插手。

● あれが、今手抜き工事で問題になっているビルです。

  / 那棟就是現在正因偷工減料而引人注目的大樓。

『質問』
しつもん

☆ 相手の答えを期待して、直接或いは間接的に人に聞いたり聞かれたり
する具体的な事柄及びその行為を表す。『質問する』という動詞用法
もある。

◆ 為了期待對方的回答而直接問對方的事情或行為。句子裡可以當名詞和
動詞。

181

● 質問がある人は挙手をお願いします。

　/ 有問題的人，請舉手。

● 先生、ちょっと質問してもいいですか。

　/ 老師，可以問問題嗎？

● 家の会社にも、意見箱や質問箱を置いたほうがいいんじゃないでしょうか。

　/ 我想我們公司也該放『意見箱』或『詢問箱』比較好。

【練習問題34】『問題』『質問』

① 少年非行の原因は両親に（問題・質問）があるケースが多いそうだ。

② ご（問題・質問）がある方は、どうぞご遠慮なく。

③ 交通（問題・質問）を解決する唯一の方法は、みんなが車に乗らないことです。

④ 今日のテスト、（問題・質問）の量が多すぎて、全部解けなかった。

⑤ 彼の言動には、少し（問題・質問）がある。

⑥ （問題・質問）しようとしたら、他の人に先を越された。

⑦ 先生、ちょっと（問題・質問）してもいいですか。

⑧ この番組に対して、視聴者から多くの（問題・質問）が寄せられた。

⑨ 鮫島先生はどんな（問題・質問）をしても、親切に答えてくれる。

⑩ 現代社会はさまざまな（問題・質問）を抱えている。

⑪ この人が今回の贈収賄事件で（問題・質問）の人物です。

⑫ 皆様のご（問題・質問）には、できるだけ丁寧にお答えしようと思います。

⑬ 外見は（問題・質問）じゃないって言うけど、やっぱり気になるわよね。

⑭ 奇抜な（問題・質問）をして、みんなを驚かせる。

⑮ 家庭の（問題・質問）を会社に持ち込むな。

⑯ この（問題・質問）を解くためには、二、三日かかりそうだ。

⑰ 両国間には解決すべき（問題・質問）が、なお山積している。

⑱ 彼は会社で何か（問題・質問）を起こして、首になったそうだ。

⑲ 会場のあちこちから、（問題・質問）の手が挙がった。

⑳ 山本君！先生の（問題・質問）に答えなさい。どうして遅刻したの？

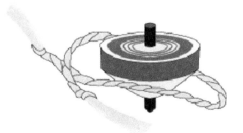

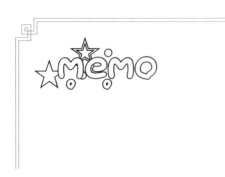

第35課 『わざわざ』『せっかく』

『わざわざ』

☆ 話し手の立場から見て、しなくてもいい事をする時に使う。また、時間や労力などをかけて、何かをする時に使う。

『わざわざ』は副詞的用法しかない。

◆ 表示對說話者而言不需要做事情卻做之意。

◆ 花費時間或功夫等等作某些事情的時候使用。

◆ 句子裡當副詞，修飾後面的動詞。

● 遠い所、わざわざありがとうございました。

/ 遠道而來非常感謝。

● わざわざ、そんな事しなくてもいいのに。

/ 你為什麼特地做那種事情呢？

● わざわざ、お見舞いに来ていただいて、恐縮です。

/ 特地來探我的病，真不好意思。

● 近くに店があるのに、どうしてわざわざ遠くまで買いに行くんですか。

/ 附近有店，為什麼特地到遠地買呢？

『せっかく』

☆ 話し手の立場からして、望ましい行為や事柄に対して使う。

☆ 相手の誘いや申し出を受け入れたり、断ったりする時に使う。

　『せっかく』には名詞と副詞的用法がある。

◆ 對說話者而言，該動作或事情是好事情的時候使用。

◆ 接受或謝絕對方的邀請的時候使用。

◆ 句子裏當名詞或者副詞。

● せっかく来たんですから、もっとゆっくりしてください。

　/ 你特地來了，請多坐一會兒。

● この誕生日のプレゼント、せっかくあなたのために買ってあげたのに、どうして気に入らないの。

　/ 這個生日禮物我為你買的，你為什麼不喜歡？

● せっかくの努力も水の泡だ。

　/ 特地的苦心變成泡湯了。

● 結婚披露宴へのご招待、せっかくですが、欠席させていただきます。

　/ 承蒙邀請結婚喜宴，但這次只好缺席了。

● せっかくの運動会が、台風で中止になってしまった。

　/ 好不容易的運動會由於颱風中止了。

〈参考〉

あなたのためにわざわざ作ったのに、どうして食べないんですか。
あなたのためにせっかく作ったのに、どうして食べないんですか。

186

① 明日は、（わざわざ・せっかく）の日曜日だから、家でゆっくりしようと思います。

② （わざわざ・せっかく）作った料理も、冷めたらおいしくない。

③ Ａ：どうぞ、お上がりください。

　　Ｂ：そうですか。じゃ、（わざわざ・せっかく）ですから。

④ あなたの誕生パーティーだから、嫌いな人を、（わざわざ・せっかく）呼ばなくてもいいと思います。

⑤ さっき（わざわざ・せっかく）覚えた単語を、もう忘れてしまいました。

⑥ 洗濯機があるのに、どうして（わざわざ・せっかく）手で洗うんですか。

⑦ （わざわざ・せっかく）ですが、もうここで失礼します。

⑧ 彼のことを思って、（わざわざ・せっかく）注意してあげたのに、彼は私の言うことを聞きません。

⑨ 今日は恋人の誕生日でした。でも、（わざわざ・せっかく）デパートへプレゼントを買いに行ったのに、デパートは休みでした。

⑩ 私は、結婚は二人の問題だから、（わざわざ・せっかく）友達に相談する必要はないと思います。

⑪ 近くのコンビニに売っているのに、（わざわざ・せっかく）遠くのデパートまで買いに行く。

⑫ 交通渋滞のため、（わざわざ・せっかく）遠回りして会社へ行った。

⑬ 友人が（わざわざ・せっかく）遠くから、お見舞いに来てくれた。

⑭ （わざわざ・せっかく）楽しみにしていた運動会が、雨で中止になった。

⑮ いそいそと、デパートの開店セールに行ったが、長蛇の列だった。でも、

（わざわざ・せっかく）来たので、我慢して並ぶことにした。

⑯ 健康のために（わざわざ・せっかく）禁煙したのに、一週間も続かなかっ

た。

⑰ （わざわざ・せっかく）納めた税金も、国民のために使わなければ意味がな

い。

⑱ こんなひどい雨の中、（わざわざ・せっかく）お見送りに来ていただいて、

ありがとうございます。

⑲ （わざわざ・せっかく）のいい天気、家でごろごろしていちゃ、もったいな

い。

⑳ ご多忙中、（わざわざ・せっかく）お越しいただき、恐縮です。

練習問題解答

〔練習問題1〕

① 間
② 間に
③ 間に
④ 間
⑤ 間
⑥ 間に
⑦ 間
⑧ 間
⑨ 間
⑩ 間に
⑪ 間
⑫ 間に
⑬ 間
⑭ 間
⑮ 間に
⑯ 間
⑰ 間
⑱ 間
⑲ 間に
⑳ 間に

〔練習問題2〕

① 開けて
② 消して
③ 開けたら・閉めて
④ 開いてる
⑤ 開いて・閉めて
⑥ 付けた
⑦ 開けて・閉めて
⑧ 閉まって・付かない
⑨ 開けて
⑩ 開いた
⑪ 閉める・消して
⑫ 閉めて・閉めて・消します・消えたら・消す
⑬ 開けても
⑭ 開けたら
⑮ 開かない
⑯ 開いて
⑰ 開いて
⑱ 開けて・付けた
⑲ 開けて
⑳ 消して・開けて

【練習問題3】	【練習問題4】	【練習問題5】
① あげよう	① 言います	① つい
② くれた	② 話している	② うっかり
③ あげ	③ 言って	③ つい
④ くれた	④ 言う	④ 思わず
⑤ くれた	⑤ 話し	⑤ うっかり
⑥ あげよう	⑥ 言い	⑥ うっかり
⑦ もらわないで	⑦ 話す	⑦ 思わず
⑧ もらった	⑧ 話している	⑧ うっかり
⑨ もらい	⑨ 話せば	⑨ うっかり
⑩ くれ	⑩ 言うよ	⑩ つい
⑪ もらったら	⑪ 言われても	⑪ つい
⑫ あげた	⑫ 言った	⑫ うっかり
⑬ もらった	⑬ 話す	⑬ 思わず
⑭ くれた	⑭ 話して	⑭ 思わず
⑮ くれ	⑮ 言っている	⑮ つい
⑯ あげよう	⑯ 話した	⑯ うっかり
⑰ くれて	⑰ 話す	⑰ 思わず
⑱ もらっても・あげる	⑱ 言います	⑱ 思わず
⑲ くれた・あげられ	⑲ 話せば	⑲ 思わず
⑳ もらったら・あげる	⑳ 言う	⑳ つい

〖練習問題6〗

① 思います

② 考えてから

③ 思うよ

④ 考えた

⑤ 思ったら

⑥ 思う

⑦ 考えた

⑧ 考え

⑨ 考えても

⑩ 思いますよ

⑪ 思い

⑫ 考え

⑬ 思い

⑭ 考えている

⑮ 思わなかった

⑯ 思い

⑰ 思った

⑱ 考えられて

⑲ 考えさせて

⑳ 考え・考えた・思います

〖練習問題7〗

① ぜひ

② かならず

③ かならず

④ きっと

⑤ かならず

⑥ ぜひ

⑦ きっと

⑧ きっと

⑨ きっと・ぜひ

⑩ かならず

⑪ かならず

⑫ きっと

⑬ ぜひ

⑭ きっと

⑮ かならず

⑯ きっと

⑰ かならず

⑱ ぜひ

⑲ かならず

⑳ きっと

〖練習問題8〗

① 割れて

② 割れ

③ 破れて

④ 切る

⑤ 壊れて

⑥ 切って

⑦ 割れ

⑧ 破ったら

⑨ 割り

⑩ 切った

⑪ 壊して

⑫ 破られた

⑬ 割り

⑭ 割らない

⑮ 破る

⑯ 壊して

⑰ 壊れ

⑱ 割って

⑲ 切れる

⑳ 壊した

【練習問題9】	【練習問題10】	【練習問題11】
① いや	① しか	① やりません
② きらい	② こそ	② する・する
③ きらい	③ しか	③ した
④ いや	④ だけ	④ して
⑤ いや	⑤ さえ	⑤ やれ
⑥ きらい	⑥ こそ	⑥ する
⑦ きらい	⑦ だけ	⑦ やって
⑧ いや・いや・きらい	⑧ さえ	⑧ やられちゃった
⑨ いや	⑨ こそ	⑨ しないと
⑩ いや	⑩ こそ	⑩ して
⑪ きらい	⑪ さえ	⑪ やった
⑫ いや	⑫ しか	⑫ して
⑬ いや	⑬ さえ	⑬ やり
⑭ きらい	⑭ だけ	⑭ して
⑮ きらい	⑮ しか	⑮ やり
⑯ いや	⑯ こそ	⑯ する
⑰ いや	⑰ こそ	⑰ やる・やる
⑱ いや	⑱ こそ・さえ	⑱ やります
⑲ きらい	⑲ さえ	⑲ やって
⑳ きらい	⑳ しか	⑳ して・する

【 練習問題12 】	【 練習問題13 】	【 練習問題14 】
① 趣味	① わかる	① らしい
② 趣味	② わからない	② よう
③ 興味	③ わからない	③ よう
④ 興味	④ 知らない	④ よう
⑤ 興味	⑤ 知った	⑤ らしい
⑥ 趣味	⑥ 物知り	⑥ よう
⑦ 興味	⑦ 物わかり	⑦ だそうだ
⑧ 興味	⑧ 知らぬ	⑧ 降りそうですね
⑨ 興味	⑨ 知らないよ	⑨ 重そう
⑩ 興味	⑩ わかんないわよ	⑩ ようだ
⑪ 趣味	⑪ わからない	⑪ 倒れそうだ
⑫ 趣味	⑫ 知ってた	⑫ よさそう
⑬ 興味	⑬ 知ってる	⑬ みたい
⑭ 趣味	⑭ 知らなかったよ	⑭ おいしそう
⑮ 趣味	⑮ わかるよ	⑮ らしい
⑯ 興味	⑯ 知って・知らない	⑯ らしい
⑰ 趣味	⑰ わかりません	⑰ のように
⑱ 趣味	⑱ 知って	⑱ みたいに
⑲ 興味	⑲ わかってる	⑲ らしさ
⑳ 趣味	⑳ わかりそう	⑳ のような

〖 練習問題15 〗	〖 練習問題16 〗	〖 練習問題17 〗
① たいへん	① たのしかった	① たしか
② たくさん	② うれしくない	② たぶん
③ よく	③ たのしい	③ だいたい
④ よく	④ うれしい	④ たぶん
⑤ たいへん	⑤ うれしくない	⑤ たしか
⑥ よく	⑥ たのしかった	⑥ だいたい
⑦ たくさん	⑦ たのしく	⑦ たしか
⑧ たいへん	⑧ うれしい	⑧ だいたい
⑨ とても	⑨ うれしい	⑨ だいたい
⑩ たくさん	⑩ うれしかった	⑩ たしか
⑪ たいへん	⑪ うれしい	⑪ だいたい
⑫ とても	⑫ たのしい	⑫ たぶん
⑬ よく	⑬ うれしい	⑬ たぶん
⑭ とても	⑭ たのしそう	⑭ だいたい
⑮ よく	⑮ たのしく	⑮ だいたい
⑯ たくさん	⑯ たのしく	⑯ たしか
⑰ たいへん	⑰ うれしい	⑰ たしか
⑱ とても	⑱ たのしかった	⑱ たぶん
⑲ よく	⑲ うれしさ	⑲ だいたい
⑳ たくさん	⑳ うれしそう	⑳ だいたい・たしか・たぶん

〖 練習問題18 〗　　〖 練習問題19 〗

① のに　　　　　① 先生に聞くなり辞書をひくなり

② ために　　　　② 容姿といいスタイルといい

③ なのに　　　　③ 鯨岡さんであれ鮫島さんであれ

④ ので　　　　　④ 辞めるとか辞めないとか

⑤ ために　　　　⑤ 家事やら子供の世話やら

⑥ のに　　　　　⑥ 大なり小なり

⑦ ように　　　　⑦ 寝に来たのやら勉強しに来たのやら

⑧ のに　　　　　⑧ コックさんであれ子供であれ

⑨ ために　　　　⑨ 僕であれ君であれ

⑩ のに　　　　　⑩ スピーチの内容といい話し振りといい

⑪ から　　　　　⑪ ああやらこうやら

⑫ のに・から　　⑫ みかんやらりんごやらメロンやら

⑬ のに　　　　　⑬ 言うことといいやることといい

⑭ から　　　　　⑭ 高卒であれ大卒であれ

⑮ ように　　　　⑮ 右折するのやらしないのやら

⑯ ために　　　　⑯ サッカーとか野球とか

⑰ のに　　　　　⑰ 行くのやら行かないのやら

⑱ だから　　　　⑱ 行ったり来たり

⑲ ために　　　　⑲ 中国とかインドとか

⑳ ので　　　　　⑳ 映画に誘うなりプレゼントをあげるなり

【 練習問題20 】

① やすい
② っぽい
③ やすい
④ 気味
⑤ しがち
⑥ 気味
⑦ やすい
⑧ っぽい
⑨ 湿っぽい
⑩ がち
⑪ っぽい
⑫ っぽい
⑬ がち
⑭ やすい
⑮ 気味
⑯ がち
⑰ やすい
⑱ がち
⑲ 気味
⑳ っぽい

【 練習問題21 】

① 来てから
② 入ったあとで
③ 噛んでから
④ 終わってから
⑤ 決めたあとで
⑥ してから
⑦ したあとです
⑧ 入ってから
⑨ 飲んでから
⑩ 入れたあと
⑪ したあとで
⑫ してから
⑬ してから
⑭ したあとで
⑮ したあとです
⑯ したあとで
⑰ 締めてから
⑱ 挙げてから
⑲ したあとで
⑳ してから

【 練習問題22 】

① あれば
② 飲んだら
③ するなら
④ 終わったら
⑤ 抜けると
⑥ 帰ったら
⑦ 受けるなら
⑧ 着いたら
⑨ 考えれば
⑩ なると
⑪ 飲むと
⑫ なら
⑬ 付いたら
⑭ 作るなら
⑮ なら
⑯ 飲んだら
⑰ 来れば
⑱ 入ると
⑲ 好きなら・なら
⑳ 飲んだら・乗るなら

【 練習問題23 】

① なくて

② ないで

③ なくて

④ ないで

⑤ ないで

⑥ なくて

⑦ なくて

⑧ ないで・ないで

⑨ ないで

⑩ ないで

⑪ ないで

⑫ ないで

⑬ ないで

⑭ なくて

⑮ ないで

⑯ なくて

⑰ ないで

⑱ ないで

⑲ ないで

⑳ なくて

【 練習問題24 】

① 空が暗くなった

② 部屋をきれいにして

③ 気分がよくなりました

④ 買い物が便利になりました

⑤ 幸せになりました

⑥ 電気を暗くして

⑦ 静かにして

⑧ 髪の毛が薄くなります

⑨ 日本語が上手になりました

⑩ クーラーを強くし

⑪ 少なくして

⑫ 顔が赤くなります

⑬ 好きになりました

⑭ 機嫌がよくなります

⑮ 軟らかくして

⑯ 安くして

⑰ 体を暖かくして

⑱ きれいになりました

⑲ 性格が丸くなった

⑳ 髪を短くする・涼しくなります

【 練習問題25 】

① なんて
② なんか
③ なんか
④ なんか
⑤ なんて
⑥ なんて
⑦ なんか
⑧ なんて
⑨ なんか
⑩ なんて
⑪ なんか
⑫ なんて
⑬ なんか
⑭ なんか
⑮ なんか
⑯ なんて
⑰ なんて
⑱ なんか
⑲ なんか
⑳ なんて・なんか

【 練習問題26 】

① に対して
② について
③ に関して
④ に対して
⑤ として
⑥ に対して
⑦ にとって
⑧ に関して
⑨ に対して
⑩ に関して
⑪ について
⑫ に対して
⑬ にとって
⑭ に対して
⑮ について
⑯ にとって
⑰ に対して
⑱ について
⑲ に関して
⑳ にとって

【 練習問題27 】

① につれて
② に伴って
③ と共に
④ と共に
⑤ に従って
⑥ と共に
⑦ に従って
⑧ と共に
⑨ と共に
⑩ に従って
⑪ に伴って
⑫ に従って
⑬ に伴って
⑭ につれて
⑮ と共に
⑯ と共に
⑰ に従って
⑱ と共に
⑲ に伴って
⑳ と共に

【 練習問題28 】	【 練習問題29 】	【 練習問題30 】
① こと	① 所	① はず
② こと	② 所	② べき
③ こと	③ 場所	③ べき
④ こと	④ 場所	④ べき
⑤ こと	⑤ 場所	⑤ はず
⑥ の	⑥ 所	⑥ はず
⑦ の	⑦ 所	⑦ はず
⑧ こと	⑧ 所	⑧ べき
⑨ の	⑨ 所	⑨ はず
⑩ こと	⑩ 場所	⑩ べき
⑪ の	⑪ 場所	⑪ はず
⑫ の	⑫ 所	⑫ べき
⑬ こと	⑬ 場所	⑬ はず
⑭ の	⑭ 場所	⑭ べき・べき
⑮ の	⑮ 所	⑮ はず
⑯ の	⑯ 所	⑯ べき
⑰ の	⑰ 所	⑰ はず
⑱ こと	⑱ 所	⑱ べき
⑲ こと	⑲ 場所	⑲ べき
⑳ の・こと	⑳ 所	⑳ べき

【 練習問題31 】

① 勉強する
② 習った
③ 習った
④ 習う
⑤ 習って
⑥ 勉強する
⑦ 勉強できない
⑧ 習った
⑨ 習った
⑩ 勉強
⑪ 勉強して
⑫ 習う・勉強し
⑬ 習った
⑭ 習った
⑮ 勉強する
⑯ 勉強してる
⑰ 習っています
⑱ 習った
⑲ 習った
⑳ 勉強しても

【 練習問題32 】

① まで
② まで
③ までに
④ までに
⑤ までに
⑥ まで
⑦ までに
⑧ までに
⑨ まで
⑩ まで
⑪ まで
⑫ までに
⑬ までに
⑭ まで
⑮ まで
⑯ までに
⑰ まで
⑱ までに
⑲ まで
⑳ まで・までに・まで

【 練習問題33 】

① 聞こえる・見える
② 聞こえます
③ 見えなく
④ 見られる
⑤ 見られます
⑥ 聞こえない
⑦ 聞けて
⑧ 聞こえて
⑨ 聞けない
⑩ 見られない・見られ
⑪ 聞ける
⑫ 見える
⑬ 聞けない
⑭ 見えない
⑮ 聞こえません
⑯ 見られない
⑰ 見えない
⑱ 聞ける
⑲ 聞こえます・聞こえ
⑳ 聞こえた

【 練習問題34 】　　　【 練習問題35 】

① 問題　　　① せっかく

② 質問　　　② せっかく

③ 問題　　　③ せっかく

④ 問題　　　④ わざわざ

⑤ 問題　　　⑤ せっかく

⑥ 質問　　　⑥ わざわざ

⑦ 質問　　　⑦ せっかく

⑧ 質問　　　⑧ せっかく

⑨ 質問　　　⑨ せっかく

⑩ 問題　　　⑩ わざわざ

⑪ 問題　　　⑪ わざわざ

⑫ 質問　　　⑫ わざわざ

⑬ 問題　　　⑬ わざわざ

⑭ 質問　　　⑭ せっかく

⑮ 問題　　　⑮ せっかく

⑯ 問題　　　⑯ せっかく

⑰ 問題　　　⑰ せっかく

⑱ 問題　　　⑱ わざわざ

⑲ 質問　　　⑲ せっかく

⑳ 質問　　　⑳ わざわざ

〖参考文献〗

『新明解国語辞典』（1989）第五版　三省堂

『日本語表現文型』（1989）森田良行・松本正恵　アルク

『日本語文型辞典』（1998）グループ・ジャマシイ　くろしお出版

『類似表現の使い分けと指導法』

　　　　　　　　（1997）日本語教育誤用例研究会　アルク

『日本語教育事典』（1982）日本語教育学会　大修館書店

『使い方の分かる類語例解辞典』（1994）小学館

『どんな時どう使う　日本語表現文型500』

　　　　　　　　（1996）友松悦子・宮本淳・和栗雅子　アルク

『日本語学習使い分け辞典』（1994）広瀬正宜・庄司香久子　講談社

〔著者紹介〕

副島勉（そえじま　つとむ）

日本北九州大学外国語学部中国学科卒業

台灣永漢日語日本語教師（1996年～2006年）

現任日本長崎ウエスレヤン大学非常勤講師

〔著作〕

《自動詞與他動詞綜合問題集》　　　　2006年 – 鴻儒堂(再版)

《詳解日本語能力測驗１級２級文法》　2009年 – 鴻儒堂(再版)

《類義表現１００與問題集》　　　　　2010年 – 鴻儒堂(再版)

《やさしい敬語学習》2009年1～12月 – 階梯日本語雜誌連載（鴻儒堂）

mailto：tsutomu110329@iga.bbiq.jp

鴻儒堂出版社精選書籍

日本語檢定考試對策
詳解　日本語能力測驗1級・2級文法

著者　副島勉（日本長崎ウエスレヤン大学非常勤講師）

1 本書以日本語能力試驗出題基準〈改訂版〉1,2級的
　文法項目為基本資料而編成。共收錄300個句型。

2 針對讓學習者感到困惑的雷同句型用法，特別嚴格地
　加以分析說明。

3 所收錄的例文盡量採用能表達出日本人的價值觀的句
　子，有助於了解日本文化。

4 每單元皆附有練習問題，供學習者自我測驗。

定價：280元

日本語檢定考試對策
自動詞與他動詞綜合問題集

著者　副島勉（日本長崎ウエスレヤン大学非常勤講師）

　　　盧月珠（東吳大學日本語文學系副教授）

　　本書內容實用，由淺入深、循序漸進，所採用的例
句皆為可活用於生活和職場的實況會話。例句附中譯，
並有練習問題及解答，教學、自修兩便。無論是初學
者，或是想重新打好自他動詞基礎者皆適用，可在最短
的時間內達到最大的效果。

定價：250元

日本語能力試驗系列

日本語測驗 STEP UP 進階問題集
中級（日本語能力測驗二級對應）

星野惠子／辻和子／村澤慶昭　著

1 二級程度的題庫大全。

2 階段式學習，逐級而上。

3 可自我計分、測驗目前實力。

4 提示解題要點，增進解題實力！

定價：200元

日本語測驗 STEP UP 進階問題集
上級（日本語能力測驗一級對應）

星野惠子／辻和子／村澤慶昭　著

1 收錄豐富的一級題庫。

2 題目分階段匯整，便於安排學習計畫。

3 每解皆有解答和成績欄，立即了解自己實力。

4 附詳細解說，立即掌握答題訣竅！

定價：200元

日本語測驗 STEP UP 進階問題集
上級聽解　（日本語能力測驗一級對應）

星野惠子／辻和子／村澤慶昭　著

1 豐富的一級模擬聽解題目。

2 分為七個階段編寫，循序漸進。

3 各階段均附有解答與文字對白，可馬上核對答案。

4 附有填空練習題與解說，迅速理解題目重點。

定價：300元（附CD）

一級　二級　準二級

最 新 讀 解 完 全 剖 析

目黑真実　編著／簡佳文　解說

本 書 特 點

◎ 完全對應2010年起之新日本語能力測驗讀解問題

◎ 收錄12種文章主題，提升各分野語彙認識

◎ 配合記述式練習題，同時訓練作文能力

◎ 附文法解說，增強文法應用技巧

定價：300元

日語表達方式學習辭典

会話で学ぶ日本語文型辞典

總監修：目黑真実

中文版總監修：張金塗博士

　　　　　（國立高雄第一科技大學專任教授）

中文版編譯：郭蓉蓉

●文型用法詳解・近義文型比較。

●例句實用並採取現代常用習慣用例。

●本書排版清晰・簡單扼要・學習日語最實用的工具書。

　深信多加利用本書，對日文溝通表達之教學與學習，必定會帶給您意想不到的效果！

定價：500元

國家圖書館出版品預行編目資料

日語類義表現100與問題集 / 副島勉作. --初版.--
臺北市 ： 鴻儒堂，民91
　　面 ； 公分
　　參考書目 ： 面
　　ISBN 978-957-8357-43-3(平裝)
　　1.日本語言－文法
803.16　　　　　　　　　　　　　90022518

日語類義表現100與問題集

定　價：280元

2002年（民91年）　1月初版一刷
2010年（民99年）　7月新裝版一刷
本出版社經行政院新聞局核准登記
登記證字號：局版臺業字1292號

著　　　者：副　島　勉
發 行 所：鴻儒堂出版社
發 行 人：黃　成　業
地　　　址：台北市中正區10047開封街一段19號2樓
電　　　話：02-2311-3810・02-2311-3823
傳　　　真：02-2361-2334
郵 政 劃 撥：01553001
E-mail：hjt903@ms25.hinet.net

鴻儒堂出版社設有網頁，歡迎多加利用
網址：http://www.hjtbook.com.tw